U0369717

数字时代的自然

同饮一江纯净水

萧开愚 ● 主编

华东师范大学出版社

华东师范大学出版社六点分社　策划

编辑　姜涛　席亚兵　韩博
　　　　明雷（Miguel Angel Petrecca）
　　　　余旸　范雪（本期执行）

主编　萧开愚

目　录

诗歌作品

随记

编辑说明

萧开愚

　　徐光启学工程和数学,工程师治国和数控生存就注定也是一个本地故事,虽然本地不过是数据超市中的一组数据。现在我们部分地受控于手机,我们的身份、日常生活和前景都是一串简明的数字,生物医学和人工智能联翩飞跃一下,我们大概就是最后几代依靠自然法的原始人了。而不久前,文史哲还在与自然的模糊性相冲突的时候充分感受人文自觉,转眼间面对庞大扩容和处理效率提速的机器,不得不混入可疑的大自然寻求挂牌保护。编者和读者一样,感觉到了从制造业、销售方式和社会组织形态的剧烈转型,但我们和我们敏感的作者并不追随这个消毒澄清运动,去接近可能躺在宇宙外某处打哈欠的超级数学家。我们研究存在,警惕到了毕竟落实到行文的伦理价值正在更新这个事实,然而我们的文字的轮廓大半沉浸在视觉的黑暗里,本身疑窦重重,反射着我们被搅浑的眼神。

　　这是一份诗歌读物。新文学中的诗歌经过几代作者的忙碌,做了一些本体建设,仍然未忘初衷,即通过现实问题找到自己的步调。最近三十年的诗歌活跃中,为数不少的诗人反对四顾茫然的虚无主义态度,把诗歌理解成知识分子种种努力中的一种努力,与其他专业的作者互为条件和刺激。编者希望这份读物体现这个关联意愿,将其他专业讨论并置,共同研讨题目,彼此看看人家怎么看以及如何形成了看法。这样,借助于多面探看,促动我们抹除一二盲点,或可镜见或者想见或已身在其中的所谓众碎一体。

我们的作者不分远近和语种,我们希望在前进与保守之间找到必要的平衡,但在纵横两个方向,我们都不奢求贯通,我们对周流不已和设置限制的冲动保持相同的开放心态。我们开设的栏目主要有四个,专题讨论、认识一个诗人、基本问题研究和诗歌作品,除了诗歌作品必须出自诗人之手,其他栏目向一切专业敞开。

本辑的专题是东南亚。在文学上,我们的目光盯着欧美没错,我们会继续盯着,但以看欧美作家形成的惯性期待看世界别的地方的作家,已经陷我们于麻木不仁,读被漠视的地方的作家,不光可以观察他们的创造表现,还能治疗我们的高端美学麻痹症。考虑这个专题的时候南海尚未高热,南海成为热点,却也没有转移我们的注意力,我们的线索还是一江纯净水,我们的邻居的生活激情、社会理想和语言结果。我们的邻居的诗作真不错,我们的译者译得也不错。与发达资本主义地区诗歌全面诉诸否定不同,他们的诗歌有所追求,这与我们的译者的语言经验高度吻合。有所追求意味着斗争和反思,春妙和五十年代北越文化界研究一文,使我们深感我们一衣带水,每一迈步都带着历史链条的艰涩。专题论文作者是本区域研究的权威,他的分析透过海风搅拌的雾障,让我们看见那里的利益分布不尊敬地理,但利益的协调可能保护甚至受惠于人文的异数。认识一个诗人栏目评介的诗人住在广东小城海边,他写了一条江入海的情况,对东南亚专题来说很应景,但本辑专题不是东南亚,这个栏目推荐的诗人仍然是他。他是这两年完美展示了创造力的一个诗人。在基本问题栏目,哲学作者从文字分野开始理了一遍语言内置的思想规定性,作为文教传统思考,这是起点,期待他的续篇。另有一篇地方研究,安徽作者追叙安徽人革命文学的来头,试图说明学问细导致胆子大。本辑诗歌作品的作者既有诗坛骨干,也有初出茅庐的新手,内容分歧,好像都挺好看。

　　作为编者,我们不排斥狂想,我们是有理想的现实主义者,想要经由脱缰的现实见到抵达语言的真实的质朴跌宕,更想要眼见别人谨慎行走而磨擦自己迟钝的脚。

二〇一六,五月十日

一首完整的新地方诗歌

席亚兵

在古代，有一些地方诗人，或者一些羁留较久的过境客，总要寻到当地一个地理要点，站准了位置，顿觉山形地胜，草木云泽，人文兴废，个人际遇，笼罩而来，酿成一股不可扼的诗思，一番刻苦，便成了文字建构。这种传统留下了《登楼赋》、《滕王阁序》这样的文字地标，也大量存在于无数无名山头的风雨碑刻。你稍加浏览，便可看到他们能用骈体把方圆几百公里航拍一遍，又违反透视，写到每一瓣树叶，并听到虫鸣。在后面，他们的思绪也能上达洪荒，下至身后。个人在此场景中又几多觉悟，几多动情。

陈舸《入海口的变奏》的长诗体制，以及个人创作中的此次写作意志，让我想到了这些。在此之前，他通过一册《林中路》，基本写尽了广东南部沿海某片海滨生活的地理风貌，基本贡献了一幅泄漏着海景画片断的水彩清凉的文字图卷，作为他卓有成效地经营诗歌的一个交代。

此次，他感到应该探寻一下他诗歌本体的核心地带，揭示一下他诗歌情感的神秘源头。于是，他来到这个入海口地带，他感觉这个地方找到了，写一首重要的诗的机遇也出现并被他抓住了。首先，在散乱的海岸发起了莫测的情绪的序幕，然后租船下海浅浅一游,诗歌中由细到宽鼓动出情绪的波澜,及至看到一幢古老浑朴的砖石塔柱,情绪终于倾泻,以一段可以无限砌高的柱状文字,对一段高潮体验进行了生动的模拟。最后是一个深沉壮阔的情绪的落潮(坚实的文字由垒高转为拉长),让一些有关当代生活的体悟水落石出,"滋生出的灵魂问题","无限延绵的生计","都有什么孔窍意义?"

这首诗整体是一件令人心醉神迷的艺术品,从它的诗兴的隽永、意识的控制、幅度的准确、内在情感的运动到文字材质的原生等各个层面讲都是。这首诗也给人一次读诗体验的深刻唤醒。第一次读,它的平白谦逊的表相让人口味适应,没有让人不安的虚荒幻诞要素;到达反复阅读的阶段,你会觉得要对它带来的正常的好感加以分析;最后,你发现你真的是完全能进入它的,因为你放心它只是对某个诗歌母题的构成主义重写。这时候,文字可谓生机盎然,他的兴致也能完全控制你,传导到你的身上。可以说,就这样一首显然情绪非常枯燥、淡漠和自律的诗歌,却带给你一场极其愉快的聊天的感觉,滔滔不绝而意犹未尽。

其中,作者非常准确地命名了"独石"这个意象,并展开了笔触若有似无的塑造。这正是这首诗整体的形象。就像研究纳博科夫的象征观时给我印象至深的爱默生的一句话,大意是,古代的青铜饰物和橡木桶本身是对大自然的一种象征。这首诗有迈向象征的基本意愿,但作者的心智显然超越了直接被象征虏获的阶段。我们好多诗人都有象征情结又不屑被象征,但好多人都没有从这个困境中跳出,就像好多人都能很好地思辨诗歌的品味却写不出好诗一样。这首诗拥有标准的现代和当代意识,甚至它无动于衷的操作工具也中规中矩,但它的艺术心态和手段的稳定昭示了时间要素,就像一个大地上非常成熟的劳动者,以一个最不可捉摸的永恒姿态带给人一次发出赞叹的机会。

陈舸的这首诗在其诗歌生长过程中,属年届而立不惑间的必要呈现,衔接了以前诗歌的个人特质,一种深察意象、在经验触感上不断完善的诗歌风格。到现在,这种气质开始突破幅度,加入一些暴力钝感,在感觉变得麻木不仁的同时加大了材料的吞噬消化能力。以前的咫尺小景,一定需要一场细雨,或一朵精心打磨的花卉,来在日常暗淡的背景上定格诗意;现在,则可面对茫茫一片空白,把失序脱落的意象和意识断片一起处理。但这还不是这首诗树立起其阶段意义的全部。固然,这首诗已经完成了一次深刻的无中生有,及有中全无,像我们好多成熟诗人身上发生的一样,焕然有成立之感,甚至在标志其个人气质的成熟上比好多人的那一步走得更远,但诗歌此刻的成熟气度并不只关乎自己,还有关当下诗歌的整体意义。它不能只实现了有能力隐喻自己,还要能汇入诗歌的集体隐喻,就诗歌能在特定历史状态和本体状态都实现对世界的爱默生式隐喻这一功能而讲。

陈舸目前的诗歌创作状态耐人寻味。根据我目前比较灰黯的想法,我认为他是少有的做诗人做得比较好的诗人。诗歌急需再整体审视一下自己到底干什么合适。殉道? 通灵? 守望? 传道? 还是娱乐消遣这种比较边缘化的想法? 目前的正文学普遍面临这个问题。诗歌的问题最尖锐,因其核心价值早已极其逼仄,就在那么一点点上。

那么,我兴之所至地说,诗歌起码应是乐道。首先触及到道,然后跟它非常坦然非常超然地和谐相处。

陈舸最早有一首写小景的诗,我的评价是,就像经典艺术家画的竹子和荷花一样准确生动,那陈舸一下子也就是一个匿名的经典艺术家的形象了。我现在还没找到那首诗,在他的诗集《林中路》中没有发现,这样更好,这种感觉最好。他的诗集我翻了好几遍,以短取胜,风格很统一,聚神而屏息,对准海滨生活的有地理感的点点诗意。他的诗是意象倾向的,经验,超验,但不超现实。我终于发现他成了一名理想的地方诗人,就做地方诗人才是王道这个我乐观些的信念来讲。地方目前仍是时空观最容易产生完整诗意的场所，就诗歌及其意义已全方位残损破落这一当下危机而言。

在见过当代诗人众生相后，我也觉得陈舸的形象少有地适合扮演诗人。脸形狭长，鼻子挺拔带钩，气质有最合适的那么一丁点忧郁执拗。他在广东这个地方，从事一个相当于古代小吏的职员职业，似乎挺会经营生活，也有些收藏等修养情趣。后面就看他的写诗了。他的意识一点没有匮乏之感，这对地方诗人来说是个前提。他在文学修养上积累深厚，从目前这首长诗语言层面的功力就可佐证，比如，那个绝妙的"孔窍意义"的用法。这还不够，我意外地了解到，陈舸所属的这个广东地方诗群非常有远见地与法国诗歌建立了现场关系，经过多年培育，现在结出了成果。他们的沿海气质非常自觉地嫁接了某种地中海文学的要素，这不能不说是新诗又到一新阶段的标志，那就是地方诗歌直接缔结国际友城，培育适合自己的国际化气质。怪不得我看他们偶尔晒的聚会照片，放松但讲究，喜欢黑白照，充满了某种文艺镜像特点。

地方诗歌的最大敌人是天予不取，这是比质野偏执更高段的敌人。许多地方诗人完全不能适应地方，并以此为写诗的起点。须知长安城里似乎能开眼界，但地方才是诗歌的祖庭。人们现在都知道把诗意与远方往一起比喻，但远方绝不是远方的一座中心城市，而是远方的地方。地方可类比于某种融入自然的过程，隐喻各种还有上升力的面向未来的非规划性。这也是我们在此谈论的前提。自然不是前现代，而是后当代。融入自然就像复古一样，是诗歌重要的回血之路。

陈舸的《入海口的变奏》，我们认为，与当代的诗歌如此合群合拍，肯定因为它是一部观念作品。我也认为，一开始一定要说，它并不是一部现在正在成功着的地方（地域）诗歌。现在成功的地方诗歌在得地方便利上是成功的，这个要承认；但是否还有未被完整诗性驯服的野性则需要检验，就像地方的酒酿还得得到纯度的提炼。陈舸的诗歌是新地方诗歌，不是因为它比现有的地方诗歌写的有新意，是个新品种，而是因为它透过法国新小说式的普遍意识，在某种支离破碎的存在感后面，又导向地方的真理。《入海口的变奏》是在当前诗歌语法下非常完整的一首诗，这种完整性在不实践新的可能性的情况下几乎很难达成了。

这首诗秉承了《林中路》那样的本土型中产阶级心态，随着青春期更显尖锐的意象主义的衰退，以长诗机制的特有营造法，走向了隐喻自己诗歌特质的地理坐标，对古代的登高诗形成了回响。具体讲来，效果主要由结构感和材料感性达成，就像那些登高诗，既考虑了母题的所有要素，也有那些惊人的语言纹理。在这里，需要非常肯定一下这首诗的语言成就：追求一种人为的生新，最后又能归于色调统一。有一些自创的生词，最终扩大了创造力的成果。如开局一句：

> 阳光抖擞，水的绸质面料
> 连缀激烈的鳞闪，颤跳难瞄

就非常典型，为了音节归位，语言有一种兴致盎然又惟妙惟肖的仿旧成分。再比如：

> 岸滩坦然，层积钙白碎壳。
> 村民，主要是妇女，埋在草帽下的脸盘黑糙
> 正在撬牡蛎——
> 从养殖场刚捞上来的
> 钢筋、水泥浇灌的蠔柱上，黏粘团簇（疙瘩
> 丑陋的表面，堵塞肉欲）。

对客观物象的强迫症式的细致刻绘，如超高像素摄影那样，本

身会给事物赋予灵魂。过于清晰就会产生审美幻觉。"外壳漆蓝的"这个意象几乎就是个标志，表明作者找到了给这首诗的语言定调的底色，我差点想以此来给这篇评论取名了。这些刻绘被极其分明的节奏感组织起来，让人隐隐感受到一种楚辞以"兮"为顿的旋律，以及更细化的四分之三到八分之六语言节拍，句群运行地硬朗而稳健。

语言的另一个强烈特点就是超验感。也就是在主体的零度叙述中又有力点拨一下事物身上的主观感应。如：

> 他松开了船，摇晃着，屈曲着摸索
> 　不知从哪拎起一只塑料罐——啊，必要的汽油，暴力的
> 燃料

"塑料罐"和"暴力的燃料"在一起碰撞出强烈的效果。这是诗人对素材材质敏锐的体现，它们一起构成了语言的纯度。

这首诗整体上并没有非常鲜明的视觉景观，这带给诗人在空白中作业的乐趣。要么指向非常琐屑的微观事物，要么就在那种主观体验中抽取一点印痕。这是他《林中路》延续来的技法，意象组成某种意识流，只是流得长还是流得短的问题。

> 层积云，卷钩云，抹云……
> 满天铺陈的叨絮，层出不穷的牛鬼蛇神，
> 精湛的人云亦云，
> 如聚如怒的，浮云的团结。
> ……
>
> 近岸水域
> 蒙受城市庞大固埃的排污

（水质已富含营养，生物群落结构异常

但还没催生出，新时代的怪兽）

　　意识流向非自然客体的人事人文碎片，在枯燥的自然物象的束缚中驰骋一些历史感、时间感和现世观念。这些跟在古代登高诗中一样必然要格式化地点缀一下的恍惚浮思，似乎并不是我们要考察的重点，它们只是雄浑而无情的自然流露出的一些软弱情绪，诗人们一开始已设定人物只是图卷中的一笔小小的写意。

　　这首诗在观念上的乐趣得到了充分的展现，是一首形式主义喜悦感极其浓烈的作品。诗中烘托出的对荒芜的孤洲和独石的丰富体验感，正是一种研磨形式的产物。就像一个收藏者一样，能对一个标准器进行无限地解读，在里面源源不断地倾注自己的情感和观念。在这些诗节的运行中，考察它质地的均匀和用料的特点及变化，成了最主要的鉴赏任务。在诗人兴致勃勃设计的诗体外形下，似乎灌装什么内容都毫无问题。这是一首真正努力深入海洋的诗歌，仅有非常有限的外在形象可做抓手，却有其自有的广阔和汇融力，对海洋从各个方位观测过去的自然物质群像、人物活动历史感及诗歌的参照体系都有容纳。

　　《入海口的变奏》的有些"荒芜的海"的气质，让人也想到艾略特的《荒原》及系列（多有海岸描写）的一些写作动机。艾略特的象征意味无疑是前置的，陈舸这首则更趋向无感，但在为一个当下的语境写一首显得重要的诗方面，两者是相同的。陈舸以一个地方诗人易于依赖的视觉诗歌营造系统，要借此诗为自己的诗歌创造一个象征。这个象征像那个独石一样直白单调缺乏色彩，但调动了他的整体手段，为的是达到一个整体性诗歌效果：诗歌有通过刷新意象呈现真相的功能，也有通过偶发的心理要素呈现不确定性的功能。世界是大海的浩瀚运行一样无情的自然产物，运行到我们这个时间点，雄浑而疲惫的自然映衬着蓝漆、汽油、尼龙绳、边防派出所、讯息等不加以搏斗就要深陷并僭越为生活本质的事物，以及男同学的喉结、女同学的胸脯、得失、野心等终将等同于"那具冲上沙滩的，泡浸走样的豕尸"这古老的主题。

通过最后一节非常明显的古代登高诗用以作结的高谈阔论，望洋兴叹，这首诗获得了它结构性的确立。诗人常年用功于海岸，始终保持足够的兴致，这次一个大刻苦，整出了一首地方诗的大建构。得地方之便利是幸运的，尤其海滨这种目前比较独特的地方类型。通过陈舸的这次诗歌实践，我们在一点上又重拾对诗歌创作的信心和兴味。在当前去中心化的超级暗黑时期，我们尤其不要信奉，诗歌是以超越生活为代价实现的，更不是觊觎扮演世界的中心。诗歌最完整自然的状态是作为一笔意外之财，为茫然无绪的生活提供增值。

2016 年 3 月

入海口的变奏

陈　舸

1. 港湾

阳光抖擞，水的绸质面料

连缀激烈的鳞闪，颤跳难瞄。

疏旷的岸沿，除了几堆渔网、木材，

视线没有什么心理障碍——

挨靠的，一溜排空闲的机动渔船

实际上，是外壳漆蓝的，小船艇。

港口越来越肤浅，无法碇泊沉重的大船。

北津——古时海上丝路的

重要的中转、补给港，它的现在

无力和过去的吞吐咬合，它不是能动的装置。

我和老同学驾车，穿过狭长，少人烟的小渔村

来到此地，漠阳江三角洲（但是，在标示边界的地形图上

几乎呈四边形）的顶端，

倒葫芦，森森弥阔的一线，即入海的缺口。

风捎挟泥土植物的气息,混合

海腥味,一阵阵吹拂,盛夏的下午

拥有间歇性的凉爽。

我抽烟有点费力,有些不好意思,

好像临时污染了空气。

同伴忙着搬弄,表情复杂的相机。

对岸,暗绿参差的植被——主体是簇簇红树林

和天空冲洗出来,透彻的蓝

连接在一起,噢,白云,大面积地

悬浮堆垒,纤毫清晰,勾勒出各种变态

——层积云,卷钩云,抹云……

满天铺陈的叨絮,层出不穷的牛鬼蛇神,

精湛的人云亦云,

如聚如怒的,浮云的团结。

几间平房搭连棚蓬,那是

买卖海鲜的地方。

门口,停着红与黑的摩托车,聚集着

几个年轻人,我们在他们

蹲低的,本地的警觉里,走了过去。

他们在讨论什么交易吗?

内脏剧毒致命,但剔净,剥皮,晒成鱼干,风味浓烈殊美。

里头狭逼幽暗,摆放着装鱼和冰的泡沫箱,

还有泵氧的蓄水池——

涌动着滚圆,花纹鲜艳的河豚——

一个贩卖海鲜的集散地

维持着日常新鲜的流动性。

五花大绑的螃蟹是肥满的,

濑尿虾是生猛的(昔日沤肥,如今贼贵)
源源不断的鲈鱼、白鳝、沙钻、鸡尾、青螺、毛蛤
都会刺激你,因乏味而麻木的胃口。

港运虽已凋敝,渔业犹存生机。
生活依然汇集浑浊的激流
同时等待被改造,它已经被改造,
铺垫了沥青,加固了堤岸。
附近有限的,未被占用的耕地,迂曲地领到了种粮直保。
即使制造了过多的,违反政策的人口,
虽然人为的,历史性淤积,从海陵大堤
伸延到这里,近岸水域
蒙受城市庞大固埃的排污
(水质已富含营养,生物群落结构异常
但还没催生出,新时代的怪兽)
叵测的台风,会掀起韬晦巨浪,
翻转一艘(为了跟风上涨的鱼价)铤而走险的船,
某个站在船底,快要变成水鬼的渔人
在关键时刻,被边防和渔政人员联合救起:边缘地带,完善了应急
　　机制。
水文站,监视着多嘴的潮汐。
这里的居民,简陋着阒寂。
倚靠海洋的村庄,是血肉温暖的港口,
四散的人们,将在黄昏,或者节日,纷纷返回,
带着捕捞、种植和买卖的疲惫,带着小孩、货币、油腻、咸腥
他们习惯了这里细瘦的浪,过剩的云,粘稠的时间,
被发展规划冷落的村庄
依旧不懈、湿碎地耕耘海洋。

岸滩坦然，层积钙白碎壳。
村民，主要是妇女，埋在草帽下的脸盘黑糙
正在撬牡蛎——
从养殖场刚捞上来的
钢筋、水泥浇灌的蠔柱上，黏粘团簇（疙瘩
丑陋的表面，堵塞肉欲）。
她们要进行再处理，于是我们看到
地面铺排着，经过优选的，
尼龙绳串连的牡蛎，井然纵横如棋盘——
接下来运到独石洲外的深水区
吊养肥壮，美化外观
才能卖上好价钱（几年前，因为误传铜超标，蚝价曾经大跌）
穿花格衬衣的中年男人，倚着棚杆，无所谓的瞟着
我们冒犯般的拍摄。
从他身后，钻出了塔的幽灵。

哦，石头缝、浅草叶
藏着好多，幼小的花跳鱼！
我以为它们早被抓光了。
我的脚如陷泥涂，心蹦蹦直跳，
端详靠近的一条——趴在石上
滑溜溜，无鳞，缠绕天真的斑纹。
它们被我的小心试探惊扰
逃命的隐士般，凌踏水波，泼剌剌，疾驰而去。
一切太迅速，消失得太彻底了——
浸水的世界，充满愉悦的分裂。

2. 寻路

引颈的鹅群,合乎韵律地摇摆,
不慌不忙,次第穿过掩映的村巷——
在数码相机取景框里,像整齐的,制服雪白的
仪仗队。我们头青眼翠地探望,有点儿像不受欢迎的人。
同伴伸出的长镜头,他精良的现代装备,在把什么
都缩小的豆荚鹅眼里,想必更是滑稽。

鬼针草,被屠格涅夫
称为"世上最奇怪的花"(《猎人笔记》)
开得恣肆随便,在青草里,在断墙下,
它带锐钩的籽,粘满了摄影者的裤管和衣角,
怎么也蹭不掉——狼狈地触及讽刺,像图个热乎。
掺杂其间,低挫的,白花蛇舌草,纯洁、安静。

稍远,凤凰木羽叶交替浓密。
(我们的黑色小车,幽默地霸占了阴影)
青砖庙宇巍峨,展翅的檐角,欲飞离寂静。
木刻对联工整,囊括地势和物理,并镶嵌姓氏。
它执行阴鸷,更像本地势力的宗祠。
那老者,偻曲干瘦身躯,窝在树下透气,用来自地底的声音
说:"香火师傅在里面"。但我们没有进去。

相思林覆满的扣碗小山,一个幽僻的豁口——
斑剥逼仄的阶级,被油绿挺举,含芳的蛤蒌掩护
拨峭弯折而上。小庙荒颓,泥塑犹在,嘴脸颜色都分明,
昏暗悬尘的光线里,经典威严,带着点民间的狰狞。

每个渔港,都有精雕细凿的守护神,作为虔诚的象征
或者,朝向无常之海的,惶恐心灵的,守不住的守势。

我们顺势俯瞰整个港湾,抱拢微弱的海面
水表旋针般,在细密的树叶里颤闪,风云反复凝聚——
左为北津山,右为南津山,向南,就是制造动荡的南海。
曲尺般的漠阳江,率直的那龙河,沙洲前碰撞浪头,携手出海
北津山西麓,明代肇始,建有城池、要塞和炮台,腕扼
这自古以来,水路进出鼍城的,慢性发炎、痰涌的咽喉。

绕过和谐应景,外墙涂蓝的边防派出所
(一条鱼肠窄巷,直通翻白的海水)
我们到了码头,出旗地小!混凝土倒 T 字形,末端伸入浑水
像阳光下干渴的、扭曲疙瘩身躯的爬行动物。
我们仿佛看到了,某个年代凝固的错误。
但侧边有几条船,系着竖桩,我们又看到死寂荫庇的希望。

短发花白,那蹲在树下抽水烟的——
自称六叔,黑如乌铜,答应我们的请求。
或者说,开出了比想象要低的价钱。
我猜,那有院子的,趴着狗的低矮房屋,就是他的家。
他靠水而泛心思,因此敦厚而不忘经营生意。
谁叫城里人猎奇,喜欢跑来这荒滩,捕风捉影。
我们没问来历,但凭直感,信赖他老而壮实,饱经海水磨砺的身体。

他松开了船,摇晃着,屈曲着摸索
不知从哪拎起一只塑料罐——啊,必要的汽油,暴力的燃料
他略带笨拙,艰难地,上下抽动绳索,像拖上船的大鱼

喘着气——突,突,突,马达启鸣了,划破胶着的沉静。
无论如何,这样的开端值得欢喜,这样晴朗干净的天气
遥对的塔影绰约,好像历史的摆景。
邀请的船头,已挨近了我们,沙和尚般的老头,吆喝着,来吧,跳!

3. 孤洲

当两条各自奔腾的河流,在尽头交汇
当水流携带的泥沙,沉疴般顽强堆积
当我们的岁月激荡,但终于趋于平静
当荒凉的水面,冒出了难以定形的绿洲

如果说入口深不可测,实在混沌幽暗
要经历多少年,辗转过多少涵变的路
你才能找到自己的声音,飞溅着浪花的语言
你才能找到偶配形式,汇入描述浩瀚的大海?

当形象获得垂直,意识挣扎着离开肉体
融入拱穹的纯粹,沉思着净化的可能性
当存在强迫扁平,终于,在一个圆球上
卷曲起来,枯燥的界限,激起层层波浪

当船舶劈开稠密之水,低岸被瞬间推开
附加相反的速度,海水溅湿,张看的脸
我们带着摆脱陆地的轻盈,享受液态的快感
内心感激着,这个敞开的,不设防的夏天

感激头顶翻腾的云,透澈的天蓝,水晶般
将我们凝固在小船,而神魂折射的光线

也是欢欣的,被海风解脱的,感官的粗缆绳
因为泡浸而肿胀,离析含盐,溶解的重量

当一个掌舵的老人,紧揪着平衡的水位
咸淡相混的水面,有深渊脸更复杂的皱纹
这是过于熟悉的水域,对他的经验来说
这是短促的,平乏的,没有意外的日常航行

但在他的寡言里,闪耀不会停止,他谙熟
遍布暗礁的,螺旋的,鱼鳍和亡灵的秘密
红色和蓝色的航标,带着钢铁结构的镇静
从两侧船舷的卷流,扩散摇荡中沉稳的激情

也许,过渡的好奇,能量出虚无的距离
当心灵被岸的嶙峋震惊,当漂浮物——
花绿塑料瓶,孤零零,触动搜索的眼睛
动水无穷的调性,冷却的,透亮的灰

当宽阔,平坦的水面,如海蛇信子,嘶嘶
吐出了分岔,我们看见了,岛状的红树林
那些暴露的根须,那些蜡质的,小椭圆叶片
高于暗水的亲密,拥簇着,神经线的放肆

小船滑入缩窄的水道,有如被白日梦叼紧
木桩上打盹的灰鸟,像从码头飞走的那只
无杂质的静谧,愈合的镜子,野生阴沉的防御
红树林岛屿,回头里,仿佛幸存的帝国漂浮

偏离原始,它往海的方向,漂移了一千多米
可以归结为地质,也可以牵扯时间的累积
难以觉察的不正当里,没有反动的关系吗?
并不显赫的沙洲,替过度开发偿还漫长的债

当我在道途的知识里,遐想联翩着走神
六叔已撑起竹篙:眼前森然直立的排水闸
当船头调整微小的角度,对准一个杂草陡坡
番木瓜树下,两条本地大黄狗,协警般猛吠

岖崎小径,绕过屋舍,敞开的内部:碗碟
柴灶,几只芦花鸡,剥啄地面,混乱的零碎
深绿的,引进的海水——被新筑的堤围隔断
轻浮养殖的网箱。那著名的石塔,矗于旁侧

当人在鳖藤、楝树、笊篱里穿行,称呼不再重要
当机器,在荒草里废弃锈蚀,散发出野兽的气息
当目标,渐渐靠近,坚硬的道路,反而含混不清
当我们穿过龟裂的旱土,一个缺陷,捧起了汪洋

4. 独石

作为一座塔,它无法"独占文明"
虽然独善其身,并铭刻三尺大字
历经两百年的风波,还隐隐可见
即使耸峙在,骤然开阔的出海口
寄托浩渺的古今事,委婉地矗立
灰茫茫水面,凸起的,整块蛮石
"塔石融浑为一体,名曰独石塔

截面为圆形,塔体呈锥尖,宛如
笔锋。石灰沙三合土构筑。底径
5 米、高 11 米。独石塔,既为
风水塔,又是往来船舶的航标塔"
在地方志和不可移动文物名录里
从不同的方位、分割杂沓的情势
人们都可以瞧见它,有时仅仅是
一个尖尖,发黑的斑点,在淡蓝
透明的大气中,好像沉睡的标记
被凝视唤醒,环境,又被它紧盯
久揲的静止,是严峻的客观回应
仿佛岁月只从嘉庆年的石头算起
世间的嬗变,抵押着建筑的耐心
有限的高度,形成航运线的指引
添加心灵渴望贸易的,细枝末节
装载丝绸和忧虑,瓷器压稳的船
激起轻快侧弦浪,水手们的目光
被这无层次的光身塔所系,粗鲁
赤裸的形象,突然,涌起了安慰
从遥远的不列颠,从崛起的广州
从所有生意,波及的,辽阔海域
到这里需要一个可以测度的转折
松软的褶皱,雄伟疲惫急道路暂停
青烟般的陆地,如梦如幻地铺展
凶猛的荒凉,披挂着虎豹的斑斓
但细浪呢喃着,沙积石累,一柱
擎天! ——人是多么可怕的力量
在人的虚构里诞生了港口、村庄

在人的疯狂里,城市奇迹般隆起
塔注定是孤独的,无论伫立山巅
平原、江岸,或者,熙攘的闹市
即使脱离了器官,拼命缩小自己
屈从于地理,搁置在堆磊峭石上
它仍然负担着,历史诡谲的技艺
任风雨撼击,但不在潮流中没顶
它的盘踞之地,似经过精密运算
哪怕在无意中,蕴含玄学的神秘
被某些敬畏放大,被霞光装扮成
不容置疑的,难以理解的镇海神
(四周浅滩外,正深入发展养殖)
它的裂缝里,还是长出了酸枣树——
花勒、仙人掌,层层包裹了基石。
我们注目、谈论这座塔,好像我们已经长久地忽略了它。
我们划着小艇,或者涉过泥涂,貌似野蛮人,接近了它。

5. 溯回

既然据有方位,无法摆脱角度的焦虑,
难免在顾盼中,心不在焉地谈到旧时,来不及成为历史的流逝。
衰落的港口,还不足以成为凭吊。根据我们的理智,对海洋的普遍
　　了解,
历史也这般深邃,浪激潮攒,船影幢幢。我们容易找到相似路线,
　　在幽闭的岛上
作出记号,穷浪频扑不烂的礁石,蓊郁突出的岬角,永远在探测,晦
　　暗不明的连续性。
塔形标志的底层,我们展开蔚蓝的无限,紫色的烟雾,依从峭壁散
　　去,空气振动成群白鹭,那远游的心跳。凝海坦静似镜,底下

伸延着陆地不可抑的深情,我们看见,大面积的人影在深渊里
潜行。虽然风在摇撼,阳光恍如激流,这寸锥之地,仍有支撑
物攀附、柔韧的植株可抓,我们如被胁迫,模仿未来的沉没,笼
罩在巨石的阴影里。在漩涡中心,海洋正在运转横蛮的力。
塔石接收危险的讯息,波浪理论,穿透欲望扭曲的空间:洄荡
着时间。我们有过多少解释,附加意蕴,利用修辞,制造隐喻,
借代淘空的本体。一旦开始相信,便滋生灵魂问题。平面单
调的运动,让我们变得沮丧,依赖幻想的诸般辣峭。变幻莫测
的洋流、不稳定的天气,都撼动我们虚弱的信心,又带来无穷
无尽的刺激,盈利般的惊喜。因为,无言的海洋,不仅笼罩着
悲悯狂暴的上帝,还在翻腾的泡沫里,诞生过裸体的维纳斯。

塔尖刺戳——周遭回旋不断的经过。

很多年前,成群少年少女来到这里——一次集体野游,我也在里
    面,那是真实的记忆吗?

那个时候,我们能够认识大海吗?虽然男生喉结已如礁石般突起,
    女同学的胸前

鼓隆起海岸线的蜿蜒,说笑隐有风的嘶哑,浪的轰鸣,奔腾的

我们,不就是一群摘浆果捉螃蟹的,未被过分雕凿的,稍大一点的
    孩子吗?

那些浅滩,开紫黄花的仙人掌,遮没头顶的莱丛,不就是可以追寻
    的凭据吗?

如果我疑问这些,那么伸向未来的,章鱼腕足般,缠绕的触觉,又抓
    住了什么?

身体的出口是秘密的,但世界过于直露敞开,开阔无端苍茫,像撕
    裂了什么。

青春期有多少发育的庄重,未知的残酷,伴随斥责和委屈,变成了
    嘻哈的游戏?

几个人已经不在,其他人活得挺好,当了官,做了老板,有了钱,孩
　　子也大了,虚胖或削瘦,秋果般熟透,也盐田般直白了。我们,
　　被不可靠的事物改变了吗?
(承接路桥工程的,偷运陶瓷土的,支援新疆建设的,管理福利彩票
　　的,献身教育事业的
经营酒庄的,操纵公司证券的,漂移异国的,留守基层的,夸耀丈夫
　　的,没娶老婆的,拉存款的卖保险的,还在写诗的——失散多
　　年,我们终于聚会了)
祖露的沙滩,贝壳多如星子,我们追赶着浪溅,嫌弃那具冲上沙滩
　　的,泡浸走样的豕尸。

黄昏在催促,肯定有什么发生了变化。
慢慢转黑的,无始无终的晃水,混着破碎的霞光,
似乎要挟裹我们,但我知道,这不过是一个眩烂的,激荡的幻觉。
没有达成谅解——这一切:坚悍的船,怀柔的水,可辨的近岸,稀落
　　的小渔村。
河流还在奔腾,海水暂时平静,在暮色合围的时刻,我感觉临界的
　　骚动,沉浸
清凉灌顶的安宁,野心浮泛枝梗,得失浑沉角钩。但前程就是具体
　　连绵的生计。
螺旋桨搅起的尾迹,在可见的消失里,缝接着谁也看不清楚、无法
　　断定的形势。
沉潜的大陆架,勾连支撑动荡,油污在海洋的权力里扩张,岛礁零
　　碎偷掠,军舰趁势搁浅。
如果这简短的,重新描述的航行,自我即可确立,如果重新审视,大
　　浪淘沙的历史,
这被迫形成的各种形状,有什么硬道理? 这无休止的,非自然的发
　　展,有什么孔窍意义?

潮汐循环往复,变成陆地的风景和利益,而邪恶的欲念土壤,也会
　　因为海水的冲刷而肥沃
夹缝的抽搐呜咽会静息,停靠的船
在最后的摇摆里变得稳定,我们离开了,但没有丢弃。

2014 年 10 月

一个由新国家组成的地区正在形成[①]

王赓武

东盟经济共同体建立

2016 年东盟将成为一个经济共同体。人们已经为了这个努力了很久。它终于实现了，这个公告被寄予极大的骄傲与期待。这是愉快的时刻，既是京都大学东南亚研究所成立 50 周年，也是东盟成立 48 周年，它长足的进步已经走了如此之远。这个进步的故事在别的场合被讲过，这里也没有必要重温。现在，东盟在朝向一个共同体的路上迈出了历史性的一步，我想我应该用这个机会，回顾过去 50 年的历史，也对这个问题——历史之于这个地区的未来究竟意味着什么——提出一些想法。

---

① 本文翻译自王赓武教授发表在京都大学东南亚研究所《时事通讯》上的文章，该文章是王赓武教授在 SEASIA 2015 大会（日本京都，2015 年 12 月 12 日）上的主旨演讲。本文删减了原文的前言，正文部分全部译出。参见 Wang Gungwu, "Keynote Speech at SEASIA 2015: Towards a Region of New Nations", Center for Southeast Asian Studies of Kyoto University ed., *Newsletter*, No. 73, spring 2016, pp. 29—33。

　　具体一些,我会谈谈"地区"这个词。现在,这个词在众多不同的情境中,被使用得很随意。因为它被用得广泛,我们几乎很自然地认为东南亚是一个地区。但是,我们需要提醒自己,地区的概念有多么的新。这个有政治、安全、经济和其他内涵与衍生含义的概念,完全是现代的。据我所知,从前只有地理学家和专业科学家使用"地区"这个词,但当时"地区"一词,完全没有今天它所拥有的政治含义。过去,从来没有过东南亚地区这种概念。直到第二次世界大战快结束时,人们才开始这样思考。当"东南亚"这个词在1945年第一次出现时,我是个学生,我记得我被东南亚战区司令部(战争期间英国人在科伦坡设立)这个术语震惊到了。

　　当然,在那之前,我们有其他的说法,比如日本人和华人用"南洋"来称那些他们国境以南的岛屿,英国人把英属印度以东的他们的领土叫做"远东"。在太平洋的另一边,美国人会很笼统地说东亚。在1945年之前的言论里,东南亚这个说法从不显见。也还有其他的措辞。法国人用印度支那指那些他们曾占领过的地方,另一些人把印度和中国之间的地区称为"印度支那"。另外,有那么一段时间,印度人也说"大印度",战前这个词在他们的历史学家中很流行。总之,曾经有多种术语,但没有"东南亚"。

　　在1950年代之前,东南亚这一措辞已被广泛使用,它出现在书和文章的标题里。很快,教科书里有了这个词,第一本用这个词的教科书是类似地理和历史领域的。不久之后,大学里出现关于这个地区的课程。就我所知,第一个认真对待这个术语,并设立东南亚研究部门的,是伦敦大学亚非研究学院。

战略利益

　　我们如果记得这一点会很有帮助,二战爆发没多久,英国一些战略家就开始使用东南亚这个词。1942到1945年之间,他们开始考虑日本占领西方殖民地的后果。胜利之后他们会做些什么，他们什么时候回到东南亚？他们参与的事情之一，也是确实发生了的，是殖民地的自治进程。或早或晚，他们中的很多人开始认识到，欧洲帝国必须要终结了。日本人的战争让亚洲的发展发生了质变，并形成了新的、让所有帝国都必须紧张起来的情境。英国人无可奈何地预测，西方帝国很快就得离开亚洲，而这一点也在1945到1950年间变得显而易见。

太平洋的那一边，美国人预测这件事会发生得更早，这不依据任何的地方主义，而来自他们自己对菲律宾的占领的启示。他们中的一些人，不想成为帝国主义者，于是制定出离开的日程表，为帝国终结的那一天做准备。结果是，美国人在战后成为帮助这个地区去殖民化的一个角色。他们促进欧洲帝国离开，也帮助一些新独立的国家建国，这些国家在后来构成了东南亚地区。在有些情况下，比如印度尼西亚的斗争，那的确帮了很大的忙。

因此，东南亚这个概念，那种认为这应该是一个地区的想法，始终联系着这样的事实：它由一些小的区域组成，并处于两个巨大的且很有潜力的大国之间。中国将在1945年的胜利后重新取得它曾经在世界上拥有的地位，这是普遍看法。印度独立后，如英国人一早就知道的，它会成为另一侧的重要力量。众所周知，传统上，中国在南洋的兴趣，主要是商贸，而古代印度在文化和精神上对这一地区的众多地方有很深影响。这两种历史传统虽然不同，它们对未来的意义却不容小觑。中国和印度这两大力量的崛起，将会极大地挑战英国保护其在亚洲大量利益的能力。

东南亚在战后成为对诸多强国，比如英国和美国，有重要战略利益的地区之一，上述是这一点的背景。这些强国认为反抗帝国主义的力量和反资本主义运动重叠，后者威胁它们在全球的利益，而冷战将会不可避免地蔓延到亚洲。这使这一地区的众多新国家开始了激烈的意识形态斗争,很快,这些国家明显地成为冷战的关键部分。随着共产党在中国赢得胜利,冷战逐渐集中到法属印度支那。越南人追求也接受了中国和苏联的支持,以之来争取独立,这场战争也因此不可避免地并不那么冷,甚至是过去20年里最炙热的战争。

这种局面给整个地区带来的危险,显而易见。英国战略家们在1945年之后所预言的已然成真:帝国主义力量撤离后,东南亚有可能变成政治真空,别的势力会看到这里的巨大利益。结果,冷战把这个地区粗暴地一分为二。新兴国家的领导积极尝试应对这一状况。很多人都知道1955年万隆亚非会议,这个会议正是应对分裂的努力之一,它也为此引入了其他国际势力。但是,当越南战争进入死境、冷战两边陷入僵死斗争时,这些努力其实是无力和无效的。

东盟出现

东盟就是在所有的这些状况中成立的。我们知道东盟有近50年的历史,它现在正在成为一个新的完整的共同体,或至少在成为一个经济共同体。这表明了这个地区已经取得的进步。东盟逐渐对东南亚政治和经济的发展有了中心意义,对整个亚洲也日益重要。世界经济正在从它在北大西洋的中心转移到太平洋和印度洋,这说明东南亚的战略重要性将持续生长。

对这个地区来说,这意味着什么?各种各样的地区到处都是。跳过详尽的比较,让我坦白地说,地区有很多种,而东南亚是相当奇特和特殊的一个。今天,我们谈到东盟共同体时,会很快地想到欧洲和欧洲共同体,但东盟和欧洲共同体完全不相似。无论是在东北亚、南亚、非洲的某些部分或拉丁美洲,辨认和激活区域集团的努力,没有哪一个的启动方式和东盟一样。

东盟取得的成就的确令人震惊。东盟开始的时候,并不是整个东南亚都参与其中,它只有五个国家。这五个国家在非同寻常的情境中走到一起;有人可能会说这几乎是个意外。事实上,这和越南战争,一场发生在我们近邻的炙热的冷战,有很大的关系。同时它也与印尼"九三零事件"后的巨变有关,苏加诺在这场事件中被推翻。这使苏哈托总统带领的军队重新夺回权力,并塑造出一个全新的印度尼西亚。这个地区的利益、权力和战略思想,由此有了平衡的可能,且决定性地远离了地区纠纷和冲突。印尼因此能够连同泰国、菲律宾,以及新生的马来西亚和新加坡,建立一个东南亚国家的联盟。这段历史已众所周知,但仍需强调这个地区性组织的起源,以及明白为什么它丝毫不像其他的区域组织。地区并不都是一样的。

这让我要进一步强调,国家同样是不一样的。我说这些的语境是,一个只有 5 个国家发起的联盟,经历了 30 多年才成为今天这个有 10 个成员的组织。东南亚的两阶段发展,不能被忽视。我们需要记得这个地区是怎么联合起来的,当时的环境,非常危险,也很微妙。处在资本主义和共产主义的意识形态斗争之中,东南亚被剧烈地割成两半。正是在这个语境中,东盟成立了。

因此,这个组织需要等到冷战结束才能扩展它的成员,并把东南亚的所有国家都纳进来。文莱 1984 年独立后加入进来,这时有 6 个国家。其余的四个在 1990 年代末也就是冷战结束 10 年后,才加入进来。以这种方式,东盟从一个应对共同敌人的编队,转变成一个有共同利益,尤其是强调有共同经济利益的组织。这背后还有这样的要素:中国的崛起和印度潜在的崛起,它们是东南亚的两个体量巨大的近邻。这让东盟的成员更有理由认识到,只要有可能,就应努力成为一个统一发声的地区。很明显,这只有通过组织才能切实有力地做到。东南亚迎来了转折点。东盟逐渐扩张到 5 个、6 个,直到 10 个,这突显了东南亚作为一个与众不同的地区的战略重要性。

极不相同的国家

之前提到，国家也是不一样的。现代国家是一种很新的东西。过去根本没有类似的概念，特别是在民族国家这种形式里。这对亚洲来说，是全新的经验。从 19 世纪开始，亚洲所有的国家，以日本为先，开始调整自己以建立现代国家。已经独立的国家，比如日本、泰国和中国，开始在现代国家的范畴里思考自己。而当时的东南亚，各政体几乎全是殖民地，直到二战结束，它们都没有机会做这些事。

那么，东南亚的这些国家是什么样的呢？1945 年后，这个地区所有国家的第一要务，是在自己继承下来的领土范围内建国。但它们互相之间非常不同。比如，让我举个例子，菲律宾，它最初的建国并不成功，所以人们不怎么提起。但其实，菲律宾是东南亚首个尝试现代建国的国家。它的特殊地位来自菲律宾通过美国人持续地与欧洲西方世界联系着。这可追溯到 16 世纪西班牙的占领。19 世纪前，几个世代的菲律宾人跨越大洋学到了各种世变，其中包括发生在西属拉丁美洲殖民地上的反抗，这些反抗都是殖民地争取独立自治的进程。很早的时候，菲律宾人就知道这些进程背后、发生在欧洲的乱局，从法国革命到德国革命。他们对发生欧洲的事件很警觉，这些事件促成了拉美从西班牙的统治下解放出来，开始建立他们自己的国家。

菲律宾的精英们，也因此获得了关于现代国家的最初的知识。何塞·黎萨尔（José Rizal）①、安德列斯·博尼法西奥（Andrés

---

① José Rizal(1861. 6. 19—1896. 12. 30)是西班牙殖民末期的菲律宾民族主义者。他是菲律宾"宣传运动"的关键成员，同时也是一名作家。他在 35 岁时被西班牙殖民政府处决，罪名是其作品煽动了反殖民的革命。（译注）

Bonifacio)①和埃米利奥·阿吉纳尔多(Emilio Aguinaldo)②这些人很清楚民族国家应该是个什么样子。菲律宾和墨西哥有紧密的联系。西蒙·玻利瓦尔领导的南美国家独立运动、之后墨西哥的独立及其巩固国家的方式,被年轻的菲律宾领袖们仔细观察着。在东南亚,他们是最早实践建国并创生自己国家的。当时,卡蒂普南(Katipunan)③站起来反抗西班牙人,是一次非同寻常的努力。东南亚还没有其他地方能做这件事。在这些地方,有对欧洲殖民者的抵抗,但缅甸、印尼爪哇、马来半岛和越南的反抗团体,都是以传统的方式在斗争。它们是一些传统团体,目标各不相同,而卡蒂普南则为着现代民族国家的理念斗争。他们是第一次视自己为一个未来国家的人。他们比所有人更超前,但不幸地失败了。美国人随后取代了西班牙人,提供了建国的另一模式,美国模式取代了西班牙殖民地或西班牙欧洲的模式。但是,对这个地区来说,这太新了。1945年之前,经过了几十年的时间,这个模式开始成型,并确实地具体化为一个独立的民族国家,而这远远早于东南亚的其他国家。

东南亚的另一端,如果我可以用两个极端的例子,我们来看一下缅甸和暹罗。在1886年,缅甸可能是东南亚最后一个即将被西方帝国主义占领的主要的王国。因为英国从未把它当作一个单独

---

① Andrés Bonifacio(1863.11.30—1897.5.10)是菲律宾民族主义革命的领袖,也是菲律宾重要革命团体卡蒂普南的创立者和领导,一些菲律宾历史学家认为他实际上是菲律宾的第一任总统。1897年Andres Bonifacio被西班牙殖民政府审判并处决。(译注)

② Emilio Aguinaldo(1869.3.22—1964.2.6)是菲律宾革命者、政治家和军事领袖。他领导了菲律宾反抗西班牙和美国的革命,是菲律宾第一任总统(1899—1901),也是亚洲第一个共和政体的总统。(译注)

③ 卡蒂普南是菲律宾的一个革命团体,1892年由反西班牙的菲律宾人在马尼拉建立。这个团体的首要目标是通过革命把菲律宾从西班牙的殖民统治中独立出来。卡蒂普南一开始是一个秘密组织,1896年它被殖民政府发现,由此引发了菲律宾革命(1896—1898)。(译注)

的政治单位来对待,而只是把这个尊贵的王国当作英属印度的一个省,所以缅甸人从来没有全面地接受过任何由英国人带来的西方政治观。这对缅甸人来说,是很大的遗憾。把这点记住,你可以看到缅甸的经历与菲律宾有多么大的距离。

在它们之间,是泰国这个非常特殊的例子,泰国从来没有成为殖民地,但它起源于一个在遭遇西方殖民者势力时力争成为现代国家的传统的暹罗王国。它向哪里找一个可学习的模式呢?暹罗人的王国当然看向欧洲,但当日本成功地引导亚洲建立起现代民族国家时,它也看向日本。暹罗人羡慕日本人,想为自己的国家建立起一些相似的东西。可做比较的是,他们的邻居越南,看向中国和日本来应对自己与西方帝国主义的遭遇。在胡志明这样的领袖的带领下,他们甚至看的更远。胡志明在度过了他的法国岁月后,注意到共产党和苏联。俄国革命给了他启发,他转向一种国际主义的模式,这把他带向非常不同的民族主义革命,这里的民族主义由共产国际的理想所驱动。与其他国家相比,这是非常不同的应对方案。

荷兰和英国所拥有的马来群岛的很多地区,面对着别的情况。印尼的苏加诺更多地向内看,他为他看到的发生在荷属东印度群岛的反抗殖民运动提供领导力。他的同志,穆罕默德·哈达(Mohammad Hatta),却直接效仿欧洲,他认真阅读了荷兰史,学习荷兰如何从西班牙帝国的统治下争取独立。所有这些都注入了印尼政治复杂的竞技场,也启发了他们关于现代国家的独特理解。

像印尼和缅甸这样的殖民地,无论它们之间的差异有多大,如果没有日本入侵东南亚,以及它在那里三年半的占领和统治,这两个国家都难有大的改变。那场战争提供了加速告别帝国主义的机会,而更重要的是,它给了年轻一代领袖去建立新的民族国家的机会。

旧世界更新

我想我已经说了很多来提醒我们:东南亚的新国家是怎么开始的,它们的根基在哪,它们之间的距离有多大,以及当它们发现自身属于同一区域时要学习多少关于对方的东西;这些都是从来没被想过的。尽管这一想法是外生的,但它凸显了为实现全方位支配而努力奋斗的重要意义。因此,东南亚众多国家联合起来,是为了给出一个统一的角色,而这也许可以使它像中国和印度那样的大国一样重要。1967年的时候,有一种基于英美认识的对东盟的强大支持,这个支持仍在继续,现在主要由美国人来做。但需要突出的是,这些国家从应对共同的敌人开始,现在则转变为朝向一系列共同的利益。

以下是关于此地区的故事的另一面,即它在1945年后的世界秩序中变动不居的位置。自冷战开始,世界秩序就不曾稳固。直到1990年代,一种新的视野才代替冷战思维,这种视野确认美国是这个星球上唯一的超级大国。从1990年代开始,世界与这个新的秩序共处,但是,从最近20年的发展来看,这可能持续不了太久。世界太大了,美国人也发现了,即使有能力,他们也没责任去关照所有人。同时,对于是不是只存在唯一的世界秩序,现在有不少挑战。

虽然当下的世界秩序已经远离了奠基它的海洋时代,但相对而言它仍是新生事物,仍是18世纪的产物。现在,我们在各种语境下随意地使用全球和全球化这样的词,我们甚至试图去古代找它们的起源,而那时候的全球其实只包括世界的很小一部分。现在的全球化,指向紧紧联系在一起的整个世界。这种高度的互动关联性,产生自后哥伦布时代与新大陆美洲的通航。新大陆让全球化成为可能。海洋强国的崛起成就了它。我不会深谈这个转型的历史,我们只需提到,18世纪后出现了一个海洋帝国,正如英国人说的"太阳永不落",一个大国通过海洋巡游全球。

那个海洋时代的全球帝国,通过资本主义经济秩序进一步扩张势力。可以说,资本主义从海上来,在全球扩张以寻找市场和原料,并建立了一种我们从未与之共处过的新的全球化。在此之前,关于旧世界的可记录的历史大部分是欧亚人和北非人的,它们集中在这样一块大陆上:一边是中国和东亚,另一边欧洲和地中海,大陆欧洲和亚洲的其他部分处于这之间,包括印度洋沿岸地区。但是,在最近的两百年里,我们面对的是海洋帝国。我之前讲到菲律宾早期的特殊发展,源自它是第一个在实际上目光离开亚洲、跨越了太平洋的国家。当时东南亚的其他国家还在欧洲的殖民统治下,它们望向了其他方向,望向了欧洲的民族国家。菲律宾在几个世纪中不得不面对新大陆,这决定性地塑造了它的发展。而这显然与东盟的区域未来有关。

现在,东南亚的10个国家作为一个区域连在一起,这个地区所在的世界秩序是什么呢?很容易把它说成是英语语系的世界秩序,因为英语是通用的国际语言,也使东盟国家之间有可能更容易地沟通。这也提醒我们,这个地区的渊源联系着1945年之后世界秩序为了对付苏联及其同盟,对东南亚地区的交割和处理。

这个世界秩序正面对挑战。经济重心从北大西洋移向太平洋,中国正在崛起,而印度的崛起只是时间问题。由此,东南亚能够期待这样一个时刻:它会是改变世界经济形势的一系列动作的关键。在经济向亚洲的转向中,印度洋和太平洋在全球海洋资本主义世界中的重要性使东南亚更加重要。当我们离开1945后的战争思维,转向21世纪的经济利益,转向东盟发展的第二阶段时,东盟的中心意义会更加凸显,而这并不取决于东南亚人是否希望如此。这个地区将成为印度洋—太平洋地区的中心,成为海洋时代的大国和欧亚旧世界之间的核心地域。现在的海洋霸权还是以新大陆为轴的,因为太平洋和大西洋在美国的两端,而美国还会在这一区域长期保持霸权。这种海上根基仍是新世界秩序的关键部分。

但是,东南亚仍是旧世界的一部分,这个旧世界在过去的两个世纪中被认为是落后的。这个世界也包括欧洲的一些先进地区,它们在几乎使之摧毁的两次世界大战后,失去了勇气。我相信欧洲人不会同意这个说法,但对大部分身在亚洲的我们来说,他们面对众多棘手的新问题时,看起来相当疲惫,也不确定要往哪儿走。我不是说亚洲没有这些问题,但亚洲在经历了被欧洲统治的数个世纪后,正处于上升之路。亚洲人感到他们从西方学了很多;他们从西方的那些伟大发现中受益了;他们掌握了科学和工程领域大多数最新的技术,在经济、金融和企业家领域,也是一样。亚洲人精通了西方人必须教给他们的一切。这改变着东南亚所属的那部分旧世界。这个部分也正在被新世界的标准和启发所刷新与改变。我们正看着一个可以根本地改变其本性的地域。这也是为什么尽管我们知道东南亚的全新改变还有很长的路要走,我们还能谈论这个由众多新国家构成的地区的原因。

朝向共同的利益

让我以一个例子来结束,这个例子说明了我们还有多远的路要走。现在有些时候,人们会谈论东南亚共同体,他们说,要成为一个真的共同体,必须有共同的价值观。这听起来容易,实际却是一个很困难的目标。他们说共同的价值观,这是什么意思?他们一度思考了很多关于共同的政治价值观的事,思考各国有相同的政治理想,比如民主和法治。如果我们有了这些,就会有共同的价值观。但是,我必须说,就朝向什么需要被共享而言,这是一种狭窄的、勉强的,且是极简化的处理方式。还有比这多得多的东西。

尽管目标尚难以触及,但值得为之努力。我不是说有一天东南亚
所有国家的文化和价值观会变成一样,这不是个好主意,而且我也
不认为这是可能的。但另一方面,我确实认为,有能力更好地理
解、了解和欣赏彼此的愿望,如果不说是生死攸关的,也是必须的,
而这对所有的东南亚国家来说是极有价值的一步。如果它们实现
了这一点,或坚实地要去实现,那么东南亚的人民将获得自信,这
种自信会带给他们信心,也使这个地区在外人的眼光中,可靠、可
信。这是值得去做的事。东南亚的十个国家有着非常不同的背
景,因此这对它来说是巨大挑战。实现这个目标可能野心太大了,
但我一直是个乐观主义者,而且也不知道还有什么其他好办法。
作为一个乐观主义者,我想说这个目标能够被实现。

(范 雪译)

春妙与 50 年代北越文化界

赖元恩、Alec Holcombe

引言

因为各种原因,在知识界,关于越南的研究一直不被重视,原创学术和移译作品都颇欠缺。考虑到越南距离中国之近(无论是地理上,传统上或者意识形态上)、国内媒体消费越南的频率之高、以及评论家们评论越南时挥斥方遒的自信,这种欠缺更令人不安。至于越南文学,则更是边缘之中的边缘。

在越南文学中,情况亦有区别,越南古代诗文由于多以汉文写就,研究稍微多一点,而越南现当代文学,就我本人所接触到的研究,除了少量外语院系越南语专业教师撰写的论文外,大部分是近年越南在华文学专业留学生的学位论文。囿于学科藩篱,这些论文大都自觉地停留在文学内部甚至仅仅是文学文本内部,而 20 世纪越南令人目眩的历史和政治进程被稍作粗线条处理后便湮没在背景中,不能不说是一个遗憾。有鉴于此,本文对不同史料的利用(包括日记,会议记录和党内决议)以及对当时社会主义阵营内部风云变幻的敏感,相信对国内同类研究是有益的补充。

本文的主角春妙(Xuân Diệu, 1916—1985)是越南重要的现代诗人。自新诗运动开始,春妙一直在文坛上非常活跃,参加越南共产主义革命后,更成为文艺领域的高级干部之一。然而读者会发现,作者无意写一部春妙的作家作品论,细读的文学文本也不多,而是选择以春妙的经历为线索,勾勒出 50 年代"人文—佳品"运动前后北越文化界错综复杂的面目。

原文发表于《Journal of Vietnamese Studies》2010 年第 2 期,原标题为《The Heart and Mind of the Poet Xuân Diệu：1954—1958》,作者是赖元恩与 Alec Holcombe。原文长达 90 页,本文仅为节译。文中小标题以及注释均为译者所加。

以上为翻译缘起。

革命前

谈到春妙与越共的关系,一个有决定意义的关键因素是春妙在参加革命前的文学工作。① 春妙出生于 1916 年,幼年与其母在南部港口城市归仁(Quy Nhơn)城外母亲的娘家村子里生活。11 岁的时候,其父与其继母决定将其接到归仁城中上学。随后春妙升入越南殖民时期地位最高的两所学校：河内的保护国中学(Lycée du Protectorat)和顺化的国学(Trường Quốc Học)。1936 年,19 岁的春妙开始在与自力文团和新诗运动有关联的文学期刊上发表诗作,这两个运动都受到了法国浪漫主义和西欧个人主义的影响。② 他的文学生涯展开得很顺利,很快跻身新诗运动中最

---

① 越南共产党历史上曾使用不同名称。1930 年 2 月在香港成立时称越南共产党,10 月改名为印度支那共产党。1951 年 2 月,印度支那共产党一分为三,其中在越南的党组织称为越南劳动党(VWP)。越南统一后,1976 年越南劳动党改名为越南共产党。为统一起见,本文统一使用"越南共产党"这一名称。

② 自力文团(Tự Lực Văn Đoàn),30 年代越南现代文学社团,提倡个性解放,代表人物有一零(Nhất Linh)等作家。新诗运动(Thơ Mới),30 年代越南现代诗运动。

重要的诗人之列，而他个人声名日隆与这场运动爆发性的成功亦是同步的。1942年，殖民时期著名的文学批评家怀青（Hoài Thanh，1909—1982）在其影响深远的著作《越南诗人：1932—1941》中这样评论春妙：

> 很难描述春妙的冒起给越南诗坛带来的惊讶。我们最初并不愿意接纳像他这样以异域形式写作的诗人，但与他逐渐熟悉后，我们相信他对这片土地深沉的爱。
>
> 我们开始不再注意他西化的句法，甚至也忘记了他刻意取自法国诗歌的腔调。我们意识到在他优雅的写作风格背后，是某种本质上非常越南的元素。这让我们着迷。

春妙的同代人将其最初两部诗集《诗篇》（1938）与《香随风去》（1945）奉为经典。评论家在他的诗中读到了时光飞逝和生命无常带来的不安，以及诗人对青春、春天和爱恋愈发强烈的渴望。对越南的共产党领导人而言，春妙的名气与地位都是无价的资产，他们日后亦频频争取春妙对党的文艺政策的支持。

在越南国内，评论家赠予春妙"情诗之王"的美称，而且近年来他们甚至开始承认其情诗灵感大多源自同性之爱。与此形成对照的是，除了阮国荣关于殖民时期越南文学中越轨现象的研究外，西方学者大多回避了直接处理春妙的性倾向问题。研究者们不愿意探讨这一话题，同时也不想内行的读者觉得自己无知，因此他们往往倾向于采取类似于金宁在她2002年关于越南民主共和国的著作《世变》里处理这一问题的方式。① 金宁写道："作为新诗运动最

---

① 见 Kim N. B. Ninh：A world transformed：the politics of culture in revolutionary Vietnam，1945—1965。对于希望进一步了解北越文化活动的读者来说，此书是重要参考。

耀眼的明星之一,春妙(在写作中)轻松自如地与魏尔伦和兰波对谈,好比当年那群年轻的巴黎诗人一般。"熟悉春妙的读者立即能发现金宁所指正是春妙以魏尔伦和兰波的同性之爱为主题的名作《郎情》,这首诗也是春妙的性取向最公开的流露。

当共产党接纳春妙成为越盟成员时,他们面对的是一位才华横溢且富有魅力的年轻人,而后者对同性恋的不加掩饰也是越南前所未见的。虽然以今日的标准衡量尚属委婉,但很明显春妙的诗作里确实包含同性恋主题,而且这一性倾向是他身份认同的重要一环。越南劳动党显然并不赞同性解放,对同性恋容忍度更低。为维持关系,双方必须作出妥协。

初入革命

春妙与革命发生关系,可追溯至 1942 年 6 月,时任印度支那共产党总书记的长征(Trường Chinh, 1907—1988)发表了题为《身为诗人》的诗作,并题献给全体越南诗人。诗中包含如下的句子:

> 如果身为诗人即意味着迎风吟诵
> 对月梦呓,或云中起舞……
> ……以绸缎覆盖已成废墟的社会
> 以摇篮曲声淹没贫苦大众的呼喊
> 朋友,如果身为诗人意味着这样
> 那么,噢,这将是人类的一场灾难。

写作这首诗时,长征正身处被日本占领的河内的城郊。他号召艺术家们挣脱个人主义的藩篱,不管其意识形态成见与艺术风格追求如何,都加入到越南革命事业中来。事实上,长征此诗的起首两句,正是引自春妙 1938 年的《感触》一诗,似乎正是春妙的写作使得这位共产党总书记有感而发。然而两年后,即1944年,春妙已经开始运用自己的艺术才能为印度支那共产党控制的越盟(Việt Minh)服务。对于春妙以及其他在革命前成名的知识分子而言,这意味着他们投身文化救国会的活动,并为其在1945—1946年间出版于河内的机关刊物《前锋》写作。考虑到其名气以及他曾参与自力文团的《今日》这一革命前最重要的文艺刊物的工作经历,党不久便委以春妙执行编辑(即实际上的主编)一职。1945年底,组织上更安排春妙在即将到来的北越选举中(1946年1月举行)在海阳省参选公职。① 当然,他和党组织安排的其他候选人一样,在选举中毫无意外地胜出,成为北越新一届国民代表大会的代表。这一年的5月,应胡志明和范文同邀请,春妙参与了在枫丹白露与法国方面的谈判。

当法国人荷枪实弹地重新回到河内企图恢复他们在印度支那的殖民统治时,在城内活动的越盟成员向更安全的农村转移。他们中的大多数人穿过红河三角洲疏散到北方、西方和南方,躲避东面从海防向河内进军的法国人。法国人随后向河内以西的地区推进,使得春妙和其他知识分子(一部分人还带着家眷上路)在战争开始后的半年里颠沛流离。到了1947年中,春妙和其他作家总算在富寿省北部一个名为嘉甸的小村庄安顿下来。此处植被茂密,群山环绕,很快成为了左翼阵营的文化中心。

1948年3月,春妙与嘉甸的其他作家创办了一份名为《文艺》的刊物,与此前在河内出版的《前锋》相比,这份刊物的马列色彩更鲜明。4个月后,即1948年7月,春妙和另外数10名革命知识分子在富寿省参加了两个重要会议:首先是第二届全国文化会议,会

---

① 1945年日本投降后,越盟武装夺取河内,并于9月2日成立越南民主共和国控制越南北部。1976年南北越统一后,国号改为越南社会主义共和国。本文统一使用"北越"以示区分。

上成立了"越南文化协会"这一组织,但这一会议为人所熟知,更多是因为长征所作题为《马克思主义与越南文化》的报告。在之后的40年里,越共高层都将这份报告视为文化工作的指导方针。全国文化会议结束后3天,即1948年7月23日,一个规模更小的全国文艺会议召开。会上成立了北越的"文艺联合会",32岁的春妙应该感到欣慰:他的名字出现在该组织的五人常委会名单中。

1949年,越共高层决定将设在嘉甸的文化中心转移到太原省的大慈县,紧邻定化县,即越共党中央所在的"安全区"。在这个离胡志明、长征、范文同、武元甲等人住所只有几公里的地方,春妙度过了战争的最后5年。

1949年春妙加入越共时,正值中共加大力度支援越盟斗争之际。这一支援,以及中苏两国1950年1月与北越建立外交关系等事件,使胡志明等越共领导人对其意识形态基础更加自信。这一转向的表现之一,是越共开始将苏联的斗争技术应用于"整训运动"中,这个运动通过批评与自我批评使战士和干部为革命的艰苦做好准备。①

在两次深夜的整训活动中,春妙混乱的同性恋生活使他失去了文艺联合会的常委身份。苏怀是当时另一名左翼作家,也是春妙的其中一名同性恋人,他回忆起那些夜晚:

> 春妙只是坐在那儿哭。谁知道他有没有跟南高(Nam Cao)、阮辉想(Nguyễn Huy Trường)等十几个人上过床呢,当然,没有人承认。我也保持缄默⋯⋯没有人具体提到这方面细节(指同性恋),但他们都声嘶力竭地严厉指责春妙的"小资产阶级思想需要根除"。春妙边哭边说:"(那些人说的)是我的性倾向",但并没有承诺从此改变。

---

① 整训运动(Chỉnh Huấn),越共中央的整风运动。

随着 1954 年 5 月 7 日越共军队在奠边府歼灭法国侵略军,以及两个月后签订了日内瓦条约,第一次印度支那战争结束。对春妙和其他越盟文艺工作者以及越北连区的越共党中央而言,是时候离开山村、以胜利者的姿态重返河内了。在越盟进城前的最后一期《文艺》十月号上,春妙发表了致那些在法国占领期间滞留河内的作家同行的公开信。这封信体现了春妙常用的戏剧化的论辩风格(春妙在当时以革命信仰坚定著称,这种修辞方式无疑是原因之一):

> 有些人因为这样那样的原因,选择了为敌人服务,将声音出卖给敌台。这些人的灵魂早已千疮百孔。他们本以为把头埋在胸前,便能以唇膏和深夜的觥筹交错隐藏自己的耻辱。但当回到家中,良知的声音和真正的艺术将令他们夙夜难寐。"我们还是我们自己吗?"他们会问,"为什么我们任由自己的声音,笔和才华沦为战争的工具?"这些备受折磨的作家仍然是我们的朋友,因为艺术的灵魂还活在他们心底。

由于多年战争和政治立场之别,越南作家群体虽陷于分裂状态,但成员之间的连结仍得以勉强保存。这也意味着,那些战争期间曾为法国侵略者工作或不曾为越盟服务的作家在新的共产主义政权下仍可能有一席之地。然而伸出橄榄枝的同时也伴随着重要的条件,接下来春妙以他典型的修辞方式解释道:

> 艺术家鄙视帝国主义的残酷绞索,不为其留下一抹颜色,一颗音符,一帧影像,一个舞步,一行散文或一句诗!真正的艺术家不应将其艺术之花践踏于烂泥中!……相反,正义与非正义,真与假,敌方和我方的界线比从前任何时候都更明确。于今日的艺术家,这样的界线生死攸关。

42

左起：春妙、吴春如、辉近

作为对春妙在八年战争中工作的认可，越共为春妙和他的同性伴侣（同时也是著名诗人与越共高级文化官员）辉近（Huy Cận，1919—2005）分配了位于今天河内奠边府路的一幢法式别墅。也许这座精美的建筑可被视为越共给春妙的信号：只要他保持忠诚，党会慷慨地满足他的物质需要。组织上也愿意容忍他的感情和生理需要：尽管越共在婚姻和性问题上立场的保守近乎严苛，他们还是愿意为春妙网开一面，让他和辉近一同生活。也许更令人震惊的是与这两位诗人同住的是春妙的妹妹吴春如，她同时也是辉近的妻子。辉近和吴春如在1957年育有一子，数年后二人离婚。

重返河内后，越共决定将原来多少有些粗糙的小型月刊《文艺》扩充为规模更大更精美的双周刊，力图使之能与法国治下河内知识界的出版物媲美。另一个变化是刊物的人事安排。在主编一职空缺长达四年后，组织上决定重设此职务。就像1945—1946年间的《前锋》一样，责任再次落在春妙肩上。越共这一任命也许考虑了河内城内对革命尚存疑虑的党外知识分子，许多人正在盘算是否应出走南越，他们如果看到昔日著名浪漫诗人春妙的名字出现在新政权最重要的文艺刊物的首页上，或许能放下心来（确实，比起编委会的其他8人，春妙的名字在刊物上用的是大一倍的字号）。不管如何，被委以主编一职，让春妙确信党仍然看重自己的文学才华和信誉，两年前因为他的同性恋倾向而起的龃龉亦告一段落。

短暂的宽松

　　1956 年,赫鲁晓夫在苏共二十大上对斯大林的批判令许多人震惊,同时亦使得一些不满的知识分子鼓起了勇气。他们中的很多人不满文艺战线领导人对 1954—1955 年度文学奖的处理手法而心怀愤懑。此时春妙从《越北》争论脱身仅一年,又再次陷于争议的中心:正是他的诗集《星》被授予了二等奖从而引起观者一片哗然,河内知识分子圈里流传的非正式出版物《百花》就此发表了三篇批判文章。

　　现在回过头看,这三篇批判文章仅仅是一个开始,春妙将迎来一场直接拷问其革命生涯的意义的斗争。最根本的问题是如何评价其革命诗作的价值。一册《星》凝聚了春妙十年来在党的文艺方针指导下的创作,与春妙早年的诗集《诗篇》和《香随风去》相比,其价值如何? 如果《星》成就更高,无疑会加强党的文艺方针以及文化官员的合法性。反之则意味着党的文艺方针和相关人事需要作出调整。

　　要是在往常,《百花》上的三篇批判文章以及刊物勒令停刊意味着事件画上句号,沮丧的知识分子会逐渐淡忘此事,将注意力转向其他问题。但赫鲁晓夫号召改革的言论骤然改变了河内知识界的空气。对心怀愤懑者而言,苏联领导人给他们的印象是只要敢于表达意见并奋力坚持,改变并非不可能发生。而越共领导人有意对批评采取更温和的态度,以便与莫斯科方面在意识形态上步调一致,尤其是他们知道社会主义阵营国家驻河内的使节正密切关注他们的举措。

　　此外,越共当时正小心翼翼地借用诸如"个人主义","官僚主义"或"命令主义"等暧昧的词语,以消解党内针对胡志明个人崇拜现象提出的不满。越共高层也许会感到欣慰,因为最初党员干部对"个人崇拜"的批判只针对自己的上司（而非党的领袖）。只要基层的批评集中于文化界的具体事务，党内高层就乐见文化界的官员为自己充当箭靶。

随着对春妙革命生涯的质疑蔓延到他所主编的《文艺》双周刊上，事态逐渐升级。负责此次评奖的资深文艺官员怀青被迫为授予《星》二等奖这一决定以及春妙本人辩护：

> 随着革命形势的发展，春妙和群众越来越接近，尤其是和农民。正因为如此，春妙的诗中流露的感情更坚定，其词汇的选择也更朴素。我们时常觉得我们读到了全新的春妙。但就像我们每个人一样，在春妙身上新与旧的斗争也是激烈的。哪怕我们热烈拥抱新的部分，旧的印记也并未根除。过去那些矫饰，偏颇，粗糙的成分在春妙诗中仍时隐时现。但今天我想谈的不是那一部分，而是春妙诗中严肃和真诚的元素。

尽管怀青花费大部分篇幅赞扬《星》中政治正确的部分，他也指出了若干不足之处。但怀青将这些不足归咎于春妙过去的小资产阶级历史，而非过去10年里革命文艺路线的指导。

在怀青的辩护文章发表后一周，《文艺》刊出同为著名浪漫主义诗人阮屏的评论文章。阮屏强烈抗议评选委员会对《星》文学价值的认可，指责怀青笨拙地操纵舆论：

> 围绕《星》的问题太多，也太尖锐了。这些问题在出版物和私人谈话里不断出现，关注的人既有作家也有读者，有的来自解放区，有的来自敌占区，总之，不同阶级不同行业的人都关注这件事。总的来说，几乎不存在共识，但普遍存在不满。《星》出版于文学奖公布之前。我们中的许多人在得知《星》获奖前已经对其颇不以为然。为什么在评奖前不能先征求公众

意见呢？……评选委员会没有征求公众意见，却在事后借怀青在《文艺》122 期上的文章企图平息众怒。我们几位已在《百花》上发表批评文章，希望能抗衡官方的偏颇和处事不当。

1956 年 6 月 21 日的《文艺》上发表了关于《星》的第三篇文章，作者是年轻的军人作家辉方。他认为尽管春妙的诗中包含了诗人对民族，人民和革命的"炽热感情"，但这些高尚的情感在诗中过于"软弱地"流露。辉方这样写道："当春妙大胆地与现实接触，他的灵魂被其尚武精神触动，这时他能写出成功的诗作，"然而，"当春妙仅依赖其诗人灵感写作时，读者仅读到了他渺小的自我意识发出的苍白声音。"在辉方看来，春妙最成功的革命诗作来源于他参加土改的经验。

文章的其余部分从类似的角度，试图将《星》中所有成功之处归结为春妙忠实奉行党的文艺路线（尤其从劳苦大众和实际斗争中获得启发）。另一方面，所有不足都是因为诗人偏离了党的路线，受身上残留的自恋的小资产阶级情调影响所致。就连春妙在浪漫主义时期深受欢迎的自然风光描绘（怀青竭力证明这些元素仍然保存在春妙的革命诗歌中），在辉方看来也很成问题："春妙环顾四周，看到的只是山川和浮云的色泽。他因视觉和味觉的愉悦而晕眩，现实生活中的巨变在他看来不过是感官的盛宴而已。"

辉方对春妙描写战争场面的诗行的批评值得细究。这些段落很难简单归咎为春妙过去的小资产阶级情调，因为在他的浪漫主义时期的诗作中丝毫找不到暴力的元素。我们应如何理解以下这些诗句呢？比如春妙这样形容敌方士兵：

汗的酒——骨头和内脏的馅饼

还有你仍在饱餐的血肉

或：

> 粉碎的脑壳,翻出血与骨
>
> 支离破碎的四肢和头颅,正张罗痛苦的盛宴

对越盟战士,春妙有这样的诗句：

> 千万个战士坚守着这个春天
>
> 一心用我们的血肉撒遍这广阔的土地
>
> 等一下,春色还不够浓
>
> 再洒一些血吧！直到把它染得殷红。

辉方认为这些"浸泡过血液的诗句"正体现了春妙"病态的快感"。"像这样的句子并非偶然现象,它们反映了作者面对生活的态度,这种态度来自他的意识与感受",他写道,感受有助于作者在现实中找到共鸣,因此在诗歌中有其位置,"但当诗人的艺术感受围绕着形式与快感,以至于它们成了写作的主要动机,则暴露了小资产阶级浪漫主义的享乐主义和个人主义本质。"辉方进而指出,在这些内脏馅饼,血流成河,散落的四肢和粉碎的脑壳的堆砌下,革命的意义被消解了。

"人文—佳品"运动:1956 年 8—12 月

1956 年 8—12 月的"人文—佳品"运动是越共历史上对知识界的写作和出版管制最少的时期。考虑到不久前的 2 月,越共刚刚压制了关于《佳品》春季号的争议,何以半年后党组织突然放松管制？首先,越共当时急需来自苏联和中国的援助,因而有强烈动力跟上两位老大哥在意识形态上的宽松步伐:在莫斯科,这意味着

去斯大林化;在北京,这意味着"双百方针"。其次是同年6月波兰的波兹南抗议。越共书记处在同年8月的一份文件里指出:"美帝国主义和吴廷琰政权在北方的残余走狗将利用我们的错误和国家暂时的困难击垮我们。我们应从最近的波兹南事件吸取教训,提高警觉。"在内政方面,1956年6月份越共土改结束后大规模出现的问题也使得党中央采取更谨慎的态度:那些能读到赫鲁晓夫秘密报告的人很容易将越共在土改过程中出现的"失误"与报告中的描写相提并论。

从越共书记处第45号文件(1956年8月23日)里不难读出北越政权此时的危机感,文件标题为《关于强化群众动员工作,严防反革命分子煽动群众叛逃南方或煽动挑衅及破坏行为》。哪怕与南越的边境已经关闭了一年有余,北越政府仍担心出现大规模的叛逃现象。文件中有一段针对天主教徒群体这样写道:"企图前往南方的人群里大部分是农民,他们刚从土改中得到了好处。有些地区甚至连基层骨干分子和村镇干部也叛逃到了南方。"越共作家阮辉想在他1956年8月21日的日记中这样描写当时的形势:"土改后,农民之间常为诸如农田排水渠之类的问题争得不可开交。现在吴廷琰政府又开始了新一轮攻势,诱导人们迁往南越。也许这次我们会失去大部分群众基础。"

1956年8月1—18日举行的文艺协会会议标志着"人文—佳品"事件的开始。三百名知识分子齐聚河内,其中不少人利用苏共二十大后的温和氛围(也体现在越共中央第9号决议中)发表长期积累的意见。会议期间,《文艺》和《人民报》都发表了陆定一《百花齐放,百家争鸣》一文的节选,为会议进一步注入了来自北京的宽松空气。在大会后的3个月内,久尝挫折的河内知识分子创办了四份报刊(包括名为《人文》的报纸和名为《新地》、《创造》、《实话》的三份期刊),同时复刊了被封禁的《佳品》系列和《百花》。

在上述刊物上发表的文章触及的话题大大超出了文艺的范

畴,包括了自由、民主、腐败、去斯大林化等等敏感话题,但这些话题最终都指向了"自由"的概念。实际上,在《人文》前5期共30页的内容里,"自由"和"民主"的字样加起来至少出现了360次之多。这些私下流通的刊物要求党中央启动全面改革,并承认苏联失去了完美楷模的地位。必须指出,"人文—佳品"运动并没有挑战越共关于南越和美国的负面描述。

潘魁发难

"人文—佳品"运动开始后的第一份出版物的第一篇文章即有相当篇幅涉及春妙,这也许告诉了我们春妙的革命生涯已经在多大程度上成为了批评的箭靶。由潘魁(Phan Khôi, 1887—1959)执笔,刊于《佳品》秋季第一号的《对文艺界领导的批评》一文,也许是整个"人文—佳品"运动中最著名的一篇文章。写作此文时,潘魁已届69岁高龄(比胡志明还年长3岁)。这位言辞尖锐、不留情面的知识界领袖从青年时代开始便参与了历次爱国运动,曾在河内,顺化,西贡等地从事记者,教师和作家等职业,对越南知识界了如指掌。他与春妙也颇有渊源,盖因潘魁本人正是30年代初新诗运动的发起人和重要支持者之一。除去他本人的资历,潘魁的家庭在越南亦有极高威望。他的祖父是1882年奉命在河内抗击法国人的传奇将领黄耀(Hoàng Diệu, 1829—1882)。抵抗失败后,黄耀自杀殉国。

潘魁的文章长达10页,由四个部分组成。在文章的开始,这位德高望重的记者声明他将用浅白易懂的语言讲述真相。他告知读者,在文艺界确实存在着"反对派",这个反对派的成员涵盖了文艺界几乎所有人——除了他们所反对的党内掌管文艺领域的干部。文章的第二部分是关于艺术自由,潘魁认为党对于革命文艺工作者的怀疑态度既不理智也不妥当。在潘魁看来,革命知识分子在八年反法抗战期间付出的努力已经足以证明他们对党的忠诚。第三部分批评了高级文艺干部对《佳品》1956年春季号的编辑陈寅处理手法过于生硬。

春妙的麻烦出现在潘魁文章的第四部分。潘魁描述了他作为去年文学奖评委的感受，披露了当时评委会内部关于春妙的诗集《星》的不同意见：

> 讨论诗歌部分的那天，我对授予《星》二等奖的决定提出了抗议。我当时说"哪怕退一万步，这个集子也只能得三等奖。"我还指出了几个诗集里令人费解的地方。辉近（另一位评委）反驳说，我之所以觉得难以理解，是因为我故意不去理解。我纳闷：难道只要我想去理解一首诗就能理解吗？显然，如果辉近想为《星》辩护，他应该解释我指出的那几处到底是什么意思，而不是指责我故意不去理解。

据潘魁描述，他又给出了几个并不特别晦涩但却"不配称之为诗"的段落，力证春妙的革命诗歌无法与其浪漫主义诗作相提并论。潘魁称："一位评委（我记不清他的名字）极力反驳我，并说如果真像我说的那样，那么多年来组织上对春妙的帮助和教育岂不是白费了吗？"在潘魁笔下，春妙的自恋和自私并不因为他参加革命而丝毫改变，这破坏了越共关于春妙在参加革命后脱胎换骨的叙事。据潘魁揭露，春妙利用他的权力和影响力大肆吹捧自己的诗集："应春妙的要求，文学奖公布后，获奖作品都要大力宣传，并为每一部作品指定了具体的评论人。"

最让潘魁觉得不可思议的，是竟然有3位评委提交了自己的作品参选：

> 此次文学奖让旁观者觉得最奇怪的地方，是春妙，阮辉

想,怀青三人都提交了作品参选同时担任了初选的评委。要是他们仅仅参与了初选的评选工作也就罢了,但我发现他们竟也担任了最终的评委。这实在太荒唐。在封建时代的科举,不管考场内如何舞弊,考场外的评审总还是爱惜自己名誉的。只要有家人参加了这次考试,阅卷官都必须请辞回避。而今天,哪怕是考生本人也可以毫不避讳地阅卷了。可能在胡志明时代,所有人都已经被改造得诚实而正直,还有一种可能,就是我们的嘴巴都被堵住了。

潘魁所说"嘴巴被堵住"并非无的放矢。8月8日评委会突然重新召开会议,在这次会议上潘魁读到了前一次会议讨论的发言纪录:"我发现自己抗议《星》获奖的数次发言纪录被删除了。我马上给总书记(即长征)写了封信,告诉他发生了这样的事。"很明显,组织上没有回应潘魁的抱怨,而长征等人无视潘魁意见的结果,是这一内幕被公之于众。

权衡之下,越共认为他们无法忽略潘魁的公开挑战。党组织双管齐下,首先令三位文艺界高级官员(怀青、阮遵(Nguyễn Tuân)、阮廷诗(Nguyễn Đình Thi))公开检讨,同时发表文章质疑潘魁所述内幕的可信度。9月20日,负责记录评审委员会讨论的燕兰(Yến Lan)发表文章,称将潘魁的发言记录删除是他个人的决定,并非潘魁所说的黑幕。燕兰写道:"会议记录只包括会议的主要内容,记录员不会记录离题太远的发言,也不会记录会议间歇中某几个人之间的对话(这些对话往往针锋相对甚至很激烈),因为记录员自己也需要休息。"①

9月27日,《文艺》刊出一篇公开检讨回应潘魁的质疑,作者

---

① 9月20日,即燕兰的文章刊出的那天,阮有当、黄琴、黎达、陈维、潘魁等几位积怨已久的体制内知识分子主持的《人文》创刊。

阮遵是殖民时代著名作家,时任越南文艺协会的秘书长。他和潘魁、春妙、辉近、怀青以及另外五人组成了文学奖评委会。在题为《关于1954—1955年度文学奖的思考》的公开检讨中,阮遵承认他原本也不同意授予《星》二等奖,并认为三等奖更合适。然而阮遵承认,由《星》引起的风波不仅仅是文学奖的归属这么简单:"我个人希望《星》的作者认真地反省,而极力推崇《星》的怀青和辉近先生,他们本应帮助作者(译者注:指春妙)更清楚地看到问题。对于我自己,我现在意识到自己当时受怀青先生的意见左右太大。"

另一篇直接涉及春妙的批评文章是阮屏在10月20日和28日的《百花》上分两期发表的长文《必须重新评审所有文学奖》。这位著名诗人4个月前即在《文艺》上撰文要求越共主管文艺界的干部为《星》获二等奖一事作"深刻的自我批评"。阮屏本人也是30年代新诗运动的明星(尽管风头不如春妙)。因为某些原因,他于1945年移居南越,为南方的越盟文化战线工作。反法抗战胜利后,阮屏与成千上万的南方越盟成员一道回到北越,在文艺协会的出版部工作,正因如此,他对《星》的出版经过了如指掌。

根据阮屏的说法,文艺协会出版部的全体同事都认为《星》非常糟糕,因此这部诗稿被搁在角落里好几个月,直到"上头"的压力迫使阮屏和他的同事们开了个会,选出其中"没那么糟糕"的作品交由国家出版社付印:"春妙的诗根本没有读者……鉴于上头的强大压力,最后国家出版社勉强同意印刷1500册。"当文艺界的同志们得知《星》获二等奖的消息,他们"无法想象自己竟被这样肆无忌惮地羞辱,无法想象对文艺界、对群众的藐视已经到了耸人听闻的程度。"

面对针对自己的争论近乎白热化,春妙的感受如何始终是一个谜,因为他没有发表任何文章回应批评的声音。我们只知道,自从5月17日为胡志明的自传写评论后,直至11月发表题为《新人与旧人》的文章,春妙在长达五个月的时间里保持沉默。在《新人与旧人》里春妙翻译了高尔基关于革命改造的若干笔记,当时河内的电影院正上映苏联电影《母亲》,该片改编自高尔基同名名作。春妙这一举动可被视为他重新在知识界露面的谨慎试探。

4个月的"人文—佳品"运动对北越的政治局面造成了一定动荡,但并没有延续太久。9月25日,作风强硬的阮章代表官方撰写题为《〈人文〉和〈佳品〉秋季号的若干基本错误》的文章,发表在越共中央的机关报《人民报》上。在阮章之后,很快另有四位意识形态干部在《人民报》和《学习杂志》上发文跟进。在1956年10月至1957年1月之间,《人民报》发表了30篇文章回应"人文—佳品"运动中提出的问题。

相比之下,春妙担任编委的文化界官方刊物《文艺》,在"人文—佳品"运动期间只发表了六篇对运动持批判态度的文章,平均下来每两期一篇。也许更重要的是,除最后一篇外,这些批判文章的作者都是资历相对较低的知识分子,相比半年前《文艺》由怀青、春妙和阮廷诗等人出面对《佳品》春季号的严厉批判,明显力度较弱。

也许在胡志明、长征、范文同等人看来,知识界和官方的《文艺》出现了混乱。而且"人文—佳品"运动的核心参与者中,文高、士玉和朱玉三人同时也是《文艺》的编委,因此很难在《文艺》上发动有效的批判。事实上,"人文—佳品"运动的许多参与者在运动期间也能继续在《文艺》上发表作品,在两者之间进退自如。

从三个方面能解释《文艺》的相对中立以及党内知识界何以对批判"人文—佳品"运动并不热心。首先,文艺界普遍对运动中提出的问题颇有共鸣。其次,从经济角度,当时河内的知识分子面临通货膨胀,粮食短缺,也尚未建立稳定的工资制度,许多人生活捉襟见肘,组织上乐见出版自由让这些知识分子有更多增加收入的机会。另外,越共在最开始决定允许知识分子对文艺界领袖发泄不满,希望以此安抚知识分子。这些文艺界领袖(包括春妙、辉近、怀青、阮廷诗、阮遵,甚至素友)既在同侪面前失去了威信,亦被党组织短暂疏远。等到后来党内高层认为有必要扑灭"人文—佳品"运动时,他们不得不依赖于《人民报》和《学习杂志》的马列理论家,而非文艺界干部。从这个角度,我们就能解释为什么春妙、怀青和阮廷诗等人在整个运动期间都置身事外,没有参与批判。

1956 年 12 月中,党组织决定取缔"人文—佳品"运动的刊物,《人文》首当其冲。12 月 10 日的《人民报》发表党内理论家春长的文章,文章代了了党对这份刊物的态度:《人文》对党的领导阳奉阴违,公开造谣指责党组织干扰刊物的编辑发行,"挑拨离间,使群众怀疑(北越)政权自由、民主的本质",并发表"歪曲,中伤,破坏团结的文章"。12 月下旬,越共中央委员会接见部分知识分子,强烈批判了"人文—佳品"运动。尽管参与运动的人得以继续为国家服务,他们的命运从此改变。

旧事重提

"人文—佳品"运动结束四个月后,1957 年 4 月 25—26 日,越南作协执委会召开会议,决定重设出版部以及创立《文》周报。这份周报由越南最负盛名的两位批判现实主义作家阮洪(Nguyên Hồng, 1918—1982)和阮公欢(Nguyễn Công Hoan, 1903—1977)主编。两人都是久经考验的革命知识分子,也都没有参与此前的"人文—佳品"运动。第一期《文》在 5 月 10 日出版,作品多是讽刺性的专栏,诗歌和漫画,大多数作品都针对"美帝国主义及其走狗吴廷琰"。然而,在强烈的反美声音掩盖下,《文》不时隐晦地流露出对官方意识形态的挑战。

此时的春妙与官方色彩更强的月刊《文艺杂志》关系紧密。虽然如此,春妙间或也在《文》上发表作品。尽管春妙在各类讲话中紧跟党的文艺路线,但他的作品仍偶尔在浪漫主义与革命主题之间徘徊,有时甚至忘记了自己大力宣传的信条。他在《文》上的第一篇诗作,是刊登在第三期上的《风》。

《人民报》的细心读者也许能准确预测《文》将要面临的争议。1957年6月,《人民报》报道了中国"双百方针"的结束以及社会主义阵营去斯大林化的调门开始降低,直接导致了关于《文》的争议。作家阮辉想的日记揭示了素友等人(译者注:1955年起任宣传部副部长)乃至越共高层当时的焦虑:

> 一位匈牙利记者告诉素友,他在《文》上读到的东西和他在波匈事件前夕的匈牙利读到的文章几乎一模一样,包括对过去的怀念,对政府的中伤等等。就因为这个,素友决定审查《文》的"《人文》思想"!

很快,《学习杂志》的7月号发表了题为《〈文〉与这个时代的人民》一文。作者郑春安严厉批评周报上发表的作品,在他看来,《文》的注意力都在"人生的犄角旮旯","与这个时代伟大的、英雄的人民没有丝毫关系"。他继续写道,"这份周报与现实生活完全脱节"并"放弃了它的革命责任"。在周报刊登的众多作品中,他的批评指向了春妙的《风》:

> 这个时代的人民并不是孤僻的,不会像那些蹲在街角研究米粉①,在诸如小贩戴的帽子或者鸡骨头之类的"重要问题"上大做文章。同样地,这个时代的人民也不会闲坐着欣赏春花秋月,因为个人的愉悦而吟叹:风啊,吹吧,吹得再急一些。②

---

① 译者注:这里影射的是阮遵的散文《米粉》。
② 译者注:这里引用的是春妙《风》一诗中的句子。

《学习杂志》此文显示了越共高层控制文化生产的意图正逐渐变得清晰，因为其主旨可概括为，任何作品，只要不明确为党的事业服务，即是可疑的。

《文》编辑部迅速组织了一批文章申辩，这些申辩倾向于将《学习杂志》的攻击处理为"来自友刊某些同志"的建设性批评——这一态度进一步激怒了对方。《学习杂志》8月号发表郑春安的进一步批判，他以训斥的口吻说道："我们必须与偏离党的文艺路线的错误作斗争。我们也必须反对某些负责文艺工作的干部，他们在犯了错误并且被党报揭发后仍然拒绝改正。这些人恶毒攻击党报，实际上损害了党在文艺战线的领导权。"

《文》的最后一篇辩护文章是南方诗人济亨发表于11月的《关于针对〈文〉批评的几个问题》。文章极力保持论调的持平，作者仔细研究了《学习杂志》的批评，并引用《文》此前发表过的作品证明这些批评有失公允。

在文章结尾，济亨强调三点：首先，《文学周报》的撰稿人有自由选择过去或现在作为题材，因为描写过去会激励今天的人们建设社会主义（在当时，越共对只有少数作家以社会主义建设为题材的现象尤为不满）。其次，"新人"一词的定义应包括知识分子，而不仅仅是农民和工人。济亨指出，一些小资产阶级出身的人也可能比受剥削阶级出身的人在思想上更接近无产阶级。第三，批评家应该停止将文学作品的内容与作家本人的思想混为一谈，甚至有的批评家认为只要用第一人称叙事就是"非无产阶级"或小资产阶级的表现。济亨认为，生活中诸如爱或者对自然的欣赏是超越阶级的，并且在社会主义越南也有其一席之地。他同样借用了春妙的《风》说明这一点："我认为这些诗句完全无害，甚至有益。认为只有剥削阶级才赏月是毫无道理的。问问自己，这些诗句到底是属于哪个阶级呢？小资产阶级？对。无产阶级？也对。我认为在文学里仍然有些东西是可以被所有阶级共同欣赏的,比如自然的美或男女之间的爱情。"

在同一期的《文》上的同一版面上,春妙也发表了诗作,紧挨着济亨的文章。讽刺的是,虽然济亨引用了春妙的《风》为艺术自由辩护,春妙本人却似乎认为现在是时候拿出自己作于 1956 年 7 月的《专政》一诗。①

专政

心情畅快,斗志坚定

枪杆在握的感觉多么美好

我们的专政如钢铁强硬

但又如母亲的眼神般温柔

这样的专政能让百花绽放

它的怜悯泽被千万人

我写过的诗里,有风,也有云

但今夜我要为思想写诗

那些嘲笑我们的政治诗歌的人

常讥讽它们的形式未经雕琢

不必理会那些伤春悲秋的才子佳人

我要为专政欢呼歌唱。

春妙在 1956 年 7 月写下这首诗时,正值北越思想界去斯大林

---

① 1956 年 7 月,即"人文—佳品"运动前夕,春妙没有立即发表该诗,可能与当时社会主义阵营去斯大林化的宽松气氛有关。但也有可能是春妙出于某种考虑,在重新发表该诗时特意加上了这个日期,暗示自己的先见之明。

化意识高涨。这会是他决定不发表这首诗的原因吗？如果《专政》一诗确实说出了他对文学的看法，那么为什么他在"人文—佳品"运动期间不挺身而出为其辩护呢？还有，既然他提到"我写过的诗里，有风，也有云"并持否定态度，为什么不到一年后，他还会写作《风》这首诗呢？

作家陈寅的日记记录了春妙对自己的诗被济亨拿来证明好的诗歌可以超越阶级有何看法：

> 济亨拿春妙的《风》一诗来证明他那个危险的理论。他的意思是要是一个人写出了好诗，不同阶级应该都能欣赏，哪怕小偷也会读得津津有味。
>
> 春妙感到非常愤怒，他跟济亨闹翻了，抗议他中伤自己，因为他写作《风》这首诗时分明是站在工人阶级的立场。

在这段时间里，春妙在《文艺杂志》也发表了两篇文章。第一篇文章题为《新为何物》，春妙批评了"人文—佳品"运动参与者文高的文艺观，指责其提倡的"新美学"体现了"浮夸的个人主义"。11月，春妙发表题为《我的意识形态发展历程》的文章，在其中回顾了自己在浪漫主义时期信奉的人生观和艺术观。因为1952年时已在越北经历过整训运动，春妙很熟悉这类文章的要诀。党组织无非希望春妙和其他在战前成名的作家回应两个问题：他们首先得承认改造并不容易，尤其当他们在革命前在资产阶级文艺中陷得太深，用春妙的话说，即自己被"个人主义的虚假光晕迷了心窍"；其次，他们应真诚地感谢党的教育，就如春妙说的，"感激之情像海一样深，像滔滔江水绵延不尽"。

和7月份对《文学周报》的批判一样，11月份的新一轮批判也与社会主义阵营的新形势有关。在莫斯科举行的世界共产党和工人党代表大会(译者注：国内一般称为"1957年莫斯科会议")通常被视为去斯大林化运动的结束，胡志明、黎笋、毛泽东、金日成等都参加了这次会议。大会闭幕时通过的《莫斯科宣言》刊登在 11 月 23 日的《人民报》上，正式将"修正主义"这一概念引入北越。对于大部分小资产阶级出身的越南知识分子来说，这预示着动荡即将到来。

第二天，即 1957 年 11 月 24 日，《人民报》发表文章攻击冯观的诗歌《母亲的劝告》，打响了批判《文》的发令枪，紧接着的是分五期连载的长文《认清资本主义宣传与无产阶级宣传的本质》。与 7 月份理论刊物《学习杂志》发起的批判不同，这一轮批判动用了党组织掌握的全部火力。《文》一方将很快意识到，由发行量极大的《人民报》发起的批判，力度非同小可。

如果说《文》一方在 1957 年底还存有侥幸心理的话，这种不确定性在 1958 年 1 月 6 日也消失了。这一天，政治局通过题为《关于整顿文艺工作》的 30 号决议，其中明确提到"从表面看来，作协的重要部门（包括《文》及其编委会，作协出版部，俱乐部等等）似乎是由我们的同志掌管，但实际上已被一小撮坏分子和落后分子篡权。"30 号决议文引发了《人民报》对《文》的新一轮批判，两周后，《文》停刊。

《文》的停刊似乎只是预热，接下来的四个月里（1958 年 2—6 月），真正猛烈的攻击即将降临到那些两年前"人文—佳品"运动的参与者头上。同时，党组织也没有停止对《文》的批判，似乎有意突出二者之间的联系。停刊两个月后，《人民报》以大标题《〈文〉的同志们的自我批评》发表了阮洪、苏怀和济亨的公开检讨。

这是对"人文—佳品"运动的第二轮批判，力度也远比两年前猛烈。春妙一共贡献了四篇文章：《诗歌领域意识形态斗争的若干问题》、《关于整顿的一些想法》、《黎达诗歌中的资产阶级个人主义蜕变》、《文高的艺术观中的意识形态问题》。① 在诗歌界，批判的

---

① 值得注意的是，两年前对"人文—佳品"运动的第一轮批判中，春妙始终保持沉默。

焦点是曾参与"人文—佳品"运动的黎达(Lê Đạt，1929—2008)和文高(Văn Cao，1923—1995)二人。① 散文《米粉》的作者阮遵也因其批判现实主义倾向被批判。这些批判并不是春妙发起的，但春妙在"人文—佳品"运动中的诗作被定性为"反党反政府诗歌"这件事上扮演了关键角色。

在春妙看来，"陈寅的煽情，黎达的夸夸其谈，黄琴的表里不一，助长了恶劣的诗歌写作风气，这种诗歌无所不用其极地挑战读者的理智"。春妙对诗人黎达的攻击措辞尖锐，甚至称他为"牛仔诗人"。在反美情绪高涨的北越，这样的点名可谓用心歹毒："一位文艺干部向我汇报，黎达的诗在河内一小撮'牛仔青年'圈子内备受推崇，他的诗正是为美国牛仔的廉价个人英雄主义和不顾后果的粗野代言。"

春妙对文高也有类似的批判。他把文高形容为"像猫一样做作，像侦探小说里的幕后黑手一样狡诈"以及"说话模棱两可，捉摸不定的两面派"。他攻击文高"标新立异"、"蔑视群众"、"走进了个人主义的死胡同"等等。最后，春妙提出了这样的忠告："作家首先要接受正确的意识形态，要向伟大的群众和伟大的党靠拢。（相反）只要谁听信了文高的话，哪怕只有只言片语，也会受到毒害。"

对"人文—佳品"运动的第二轮批判结束后，阮友当等人被监禁数年，潘魁等人被永久开除出作协，黎达和陈寅被禁止参加活动三年，更有参与者被送劳动改造，事件造成的影响一直到 80 年代才结束。至于在"人文—佳品"运动中多次成为攻击目标的春妙，最终从这段动荡的时期全身而退。

（怀　之　译）

---

① 这并不是春妙第一次批判文高，见前文。

附春妙诗歌两首：

匆匆

每个清晨，欢乐总是轻叩我的房门
令寒冷的一月也香甜如吻；
我欢欣不已，却又心急如焚
我不会等到酷暑才怀春。
春的到来，意味着春正缓逝
春的萌芽，意味着春的老去。
而春的逝去，意味着我也将无迹。
我的心胸宽似海，上天的肚量却如此狭窄
竟不肯让人世的青春多伫留一会儿
而若迷人的青春一去不复返
再美的四季也挡不住四季的循复
天地永存，我却不会永在
因此我彷徨，我痛惜将失的一切
岁月中弥漫着分离的苦涩
山河也在暗叹注定的别离
轻风则在翠叶间窃窃私语
是否也气恼不得已的飞逝？
忙碌的鸟儿突然止住了笑语
是否也担忧生命的凋零？
从未有过。唉！也不会再有……

（聂　槟　译）

再会吧，越北！我们要回去了！

远处的山峰披着蔚蓝色的外衣

近处的溪流唱出淙淙的歌声……
林中的小鸟吱吱呀呀亲切地唱着
在送别的时刻,越北是无限的绮丽。

再会吧,越北! 我们要回去了!
带着留恋的脚步,含着深情的微笑
八年间我们熟识了每一条大街每一条小巷
我们认识了多少山坡,泉源,溪流
八年里在一起融洽地生活着
山林一直在抚养着平原的孩子
重重的山峰,叠叠的树林
革命的姑娘多么雄伟和庄严
在丛林下,在深山里,日日夜夜
人们的智慧和脑力炼得如钢似铁
成为无双的武器
在抗战中他是这样的顽强,在和平中他是这样的坚韧
越北深情的叮咛,
我们要珍惜这个嘱托,如影随形

我们凝望着岩石,凝望着溪流,
凝望着茉花丛,凝望着雄刈萱,
凝望着峡谷中的村庄,
追忆着我们长期共同生活过的情景。
黄昏的时候听得牛头上笃笃的木铎声,
深夜里不知何处又传来水礁的舂打声……
淙淙的溪水声,和哗哗的瀑布声,
有时溪流又干涸了……

在森林的湿气的侵袭和疟疾的威胁下，
在严冬的深夜里，炉火熊熊地燃起，
木柴整根地烧着，我们可以尽情地取暖，
木薯烤香了，大家来分吃，
柴火劈啪的响，大家的谈兴更浓。

长期抗战中，我们一直在欢笑，
兄弟同志团结一心，
胡伯伯在我们这一边，党温暖着我们的心。

再会吧，越北！我们要回去了，
革命的故乡将永远被人敬爱，
贫苦的母亲仍然尽力养活了她们的孩子：
吃毛竹笋和野薯都觉得甘甜，
甚至一粒盐也要分享。
一同住在高脚屋内，合盖着一床树皮做的被。

曾记得刚来到的时候是多么软弱、犹疑，
现在回去的时候意志变得像炼过的钢，
离别一向是辛酸的事，
如今送行却充满了欢笑，
离别了故乡，又到了故乡，
首都的五角金星在等待着我们，
远离河内整整八年了，
现在带着怀念越北的心情归去。

（潘　程　译）

瑙瓦拉·蓬派汶　诗五首

唯有运动①

飞鹰在烈日的火舌中振翅
灼热便被推延向苍穹
当树叶微微颤动
便知今日有风吹拂

仅仅是涟漪中的波光闪动
便知是潭清水绝非明镜
仅仅是双眸流露一丝惊恐
便知在胸口有心房搏动

---

①　此诗写于1970年代中期，为纪念泰国反抗军政府的大规模广场抗议运动，即"10月14事件"而作。这一事件是泰国1932年民主革命后首次由学生、市民自发组织的大规模抗议活动，是泰国民主发展历史上的标志性事件。诗中的运动是双关语，既指动起来的行为，也暗指政治活动，号召广大泰国人民行动起来、参与进来。此次选译入集的几首诗都是关于这次运动的。

紧锁的铁链被猛地拽起
苦难的呼鸣也迸发威力
稍纵即逝的微光隐约可辨
便知前路并非绝途

攥紧的拳头已握不住汗水
热血沸腾,燥热难耐
每一次倒下都长喘不止
还好已痛饮斗争的滋味

看到指尖在微微颤动
隐藏的力量便不断涌现
草尖穿石,纤柔摇曳
野草的荣光辉耀四野

四十年的街道空旷
四千万人静默不动
大地成沙,木头化石,直至崩折
眼与心皆息,昏睡不醒

鸟飞在天却看不见天空
鱼在水中却觉察不到水
蚯蚓对泥土视若无睹
或者蛆虫不识粪屎

如是必将沦为朽物
万事万物皆归静止
但终有一天在腐烂的污泥之中

莲花绽放,光彩夺目

运动将会随之发生
优雅美丽,没有罪恶
或许它仍模糊浑浊,晦暗不明
但已逐渐显露,将要成型

当寺院钟鼓齐鸣
便知新一轮佛日来临
当外府枪声乍作
便知胜利定属人民

(金 勇 译)

林中叶

丛林边飘落的一片树叶,
也好过都市里那些黄色的——
叶片,终将毫无意义地凋零,
在人的丛林里化作黑色污点。

丛林的落叶把森林滋养,
俯下身躯使根茎茁壮。
如同母亲用乳汁哺育婴童,
使其成长,遍布国疆。

当城市被野蛮人充斥,

好人便卑微形同砾石。
当林中生灵自食其力，
城市众生只有另谋它途。

集·普米萨①是这树叶的姓名，
陨落却在世间留名。
仿佛深林之烛将光明唤醒，
不枉用仅有的气息与风相迎！

风和着芦笙把忿恨合奏，
嘴吞进米粒一次次咽酸楚入喉。
汗水把我干涸的双眼浸透，
身躯被疾病折磨得绿而发臭。

枪声总高过嘴里的呐喊，
凄冷黑暗的一生终落下帷幔。
但非凡的灵魂却长存不朽，
一如夜愈深愈耀眼的星辰。
时光吞噬了他②的身躯，
时光也见证了他的价值。
时光一次次把好人吞噬，
时光也不断为好人歌颂赞语。

一片树叶在丛林边落下，

————————

　　① 泰国著名的左翼作家、学者、诗人，才华横溢，被军政府枪杀，去世时年仅36岁。他的作品和研究被后世大量传播，是一代人的精神偶像。
　　② 指集·普米萨。

为了催生叶叶新芽。
一颗明星在今日陨灭，
为了更多群星绽放光华！

（熊　燃　译）

伽蓝经①新说

一个村庄名叫"卡拉玛"，
乱象丛生，事件频发。
群龙无首，鼠辈倾轧。
每个角落都是混乱与嘈杂。

哪里热闹，人群便蜂拥，
寂静与愚昧，愈发昏庸。
竖起耳、摇起尾，步伐便移动，
永远是传闻不绝、谣言成风。

如是佛陀怜悯众生，
宣说佛法，断除迷惑。
十条思想来自教义，

————————

①　这首诗的典故出自于《卡拉玛经》（Kalama Sutra）（AN 3.65）。该经文收录在巴利语三藏经中的增支部。相当于汉译《中阿含十六经，伽蓝经》，伽蓝kalama，为拘萨罗国 Kosala 的一族。该经记载了佛陀对伽蓝族人的说法，其中最著名的是劝伽蓝人摆脱愚昧的十项告诫，即：不要相信口耳相传的传诵；不要相信传统；不要相信谣言；不要因经典的权威而相信；不要因推测而相信；不要因定理而相信；不要因似是真实的推理而相信；不要因深思熟虑的见解而相信；不要因他人拥有的能力而相信；不要认为"这位比丘是我们的老师"而相信。

所有人等安静谛听。

"一,听来的消息莫相信;
二,常行的事情不可信;
三,流言蜚语不得信;
四,经典教科莫轻信。

五,莫因猜测而妄信;
六,预料推测的不能信;
七,不因深思熟虑而坚信;
八,不因符合传统而确信。"

九,不因为了、应该而相信;
十,开始才是真实师。
人心哪有可信处?
去观察吧,那因果与道理!

(熊　燃　译)

告慰友人之歌

　　雨季已逝去,时间便走向死亡。
太阳发着烫,鲜血流淌,大地在摇晃。
长鸣的钟声不绝,久久回荡。
枪口猛烈地射击,打向不死的魂灵。
　　朋友啊,你走了? 为何不留下倾听——
那是你向往的正义,依旧不见踪影。

风徐徐低吼，黄昏催太阳入梦。
拉查丹能路上，已是人民的荒冢。
纪念碑矗立，光辉有谁瞻仰？
友人的骨灰，洒满黄金高脚盘。
天高高在上，不颔首低望。
谁来把你慰藉，安抚心之殇。

路还黑暗漫长，我们将迈步勇往。
不惜把自己燃烬，作照亮祖国的烛光！
紧挽着臂膀，无畏地抵抗。
锣鼓钟声将回响，前去把良友拜访。
当枪声再次怒响，我们将排成铁墙。
将心愿传递，宣告人民的胜利！

（熊　燃　译）

鸽祭

单手捏紧嘴角的烟头，
眯眼向前锁定住枪口。
成排的走卒俯卧凝望，
集结的队伍歪歪扭扭。

渗血的面孔争相出手，
拉扯拽拽与枪尾斗殴。
扬起的木棍狠狠地击打，
飞溅的鲜血仍在挣扎。

吊起脖子，身躯拉到广场，
身后血还在淌，流成破碎的一行。
煞白的身子光秃秃地静躺，
成堆的木棍，血迹还红着发烫。

脖子被挂起，舌头打着蔫，
破烂的身体晃悠在半空打旋。
飞掷的铁椅猛烈抽打，
鞋子强塞进嘴里把腮帮胀满。

堆叠的尸首用轮胎压盖，
火苗忽窜，升起道道烟幕。
发焦的肉体因死亡而扭曲，
如同被砍倒后残留的乌木。

举起木棒抽打每一个胸膛，
都已无力挣扎，停止了反抗。
铁盔和长枪齐整的列队成行，
光秃的头顶在中央泛着黄光。

一幅紧接着一幅，清晰的画面，
一颗紧挨一颗，身上的枪眼。
一天又过了一天，从未暗淡，
一丝又一丝，清晰地映在心间。

（熊　燃　译）

南子　诗六首

凌晨渡达达尼尔海峡①

在夜魔的掌握下
第一线阳光尚未莅临
海水泛出墨绿的色泽
彼岸的灯光毫不犹疑
指引我们登陆的方向

*

渡轮发出雷鸣的轰响
一辆辆的巴士、货车
静静偃伏舱底
我们登上甲板的餐厅
要了一杯土耳其苹果茶

---

　　①　达达尼尔海峡位于土耳其西北部，为欧、亚两洲分界线之一段，长约65公里。

一群伊斯兰女生围拢来
要和我们合影
她们误以为我们是东瀛人
新加坡，对她们来说
是遥远的名字

     *

海风很冷，我拉起夹克的拉链
对抗冷酷的气流
对岸的灯光越来越明亮
导游催促我们登上旅游车
船夫不断吆喝
丢出粗绳，系好渡轮
我们告离海峡
朝伊斯坦布尔的方向前进

山毛榉①

铁翅鸟飞越长空
杀人者以山毛榉瞄准

     *

他心中愤怒高涨
以千种理由哀求
也无法淋湿他心中的火焰

———————

① "山毛榉"是"山毛榉导弹"的简称。

*

杀人者如喷焰器
烧毁地球的生态圈
他只相信自己的信仰
其他都是邪恶的化身

*

铁翅鸟瓦解
尸体的碎片
如群鸦降落
杀人者目睹这一切
丝毫没有动摇仇恨的心

货币
——徜徉华尔街

所有的目光
都投射在
背后指涉巨大财富的
纸币、金属

*

人们张着混浊的双目
咕哝交换信息，典当灵魂
力争在排行榜的位置
不断上升

*

公理、正义、诚信
皆可廉价出售
为了抢夺权贵者抛出的
带点残肉的骨头

*

风暴过后,海啸过后
多年累积的资产
都溶化为解冻的污水
缓缓渗入地底消失

*

我徜徉华尔街
抚摸铜牛的锐角
一阵森寒的冷流
哆嗦我的躯体

徜徉玻坦尼花园①

所有的植物都伸向天空
争取更多的空间
叶子与叶子们开始争执
谁是最适合生存的族类

_____

① 玻坦尼花园:Singapore Botanic Gardens,通译"新加坡植物园"。

蓝色的穹苍发出冷冷的笑
为了一点点阳光的温暖
彼此可以出卖同类

　＊

走在植物园的幽僻小径
树冠为我布施阴凉
几滴昨夜的露水
抖落在我的右肩
我开始忧虑
七百万拥挤的人口
是否还有我生存的空间

　＊

拐了几个弯来到湖畔
三五只不知愁的白翎天鹅
还在漾漾的水中交欢
激起的涟漪
以圆圆的形式扩散
游客忙于拍摄
化为面子书上无聊的话题

　＊

种植昂贵花卉的收费角落
拒绝的我进入
入口处的职员说:
"鹤哥①,只有空气是免费的。"

---

　　① 鹤哥:uncle,新加坡人称年纪较大的男人为"鹤哥"。

我快快离开不属于我的贵族地盘
一拐一拐地步向风景平淡的草丛
看纷纷凋落的金急雨花横尸地上

死亡之歌

他翻阅死亡之书
一张张疲惫的脸
往日熟悉的如今已渐渐枯萎
成为记忆中的一道暗影

  *

其实不必认真的翻阅
风吹过，叶子动摇
时光的水珠沿叶脉滴落
所有的风光人物
都成为历史典册的一行

  *

我叹息，然后合上书本
绝望地读着封面上
褪色的字迹
轻抚开始疏稀的白发
蹒跚地离去

寻常悲喜的解构(组诗)

〈寻觅：求道者的脚步〉

踱步城市的街衢
现代主义的建筑
以直角切割天空
后现代的建筑
以拼贴或花饰的方法
点缀街上的景物

*

求道者以或快或慢的脚步
转入小巷，漫步河岸
他要寻找的，是拨开
迷茫云雾后的答案
除了大智尊者
谁能为生命提供答案？

〈常？不，是无常〉

昨日的地球是一团熔浆
滚动的流体在地面漫延
发出嗞嗞的声响
不安地冒出一阵阵浓烟

*

今日的地球已经颓败
七分是蓝色的水域
三分是邪恶发酵的土壤
恶灵离地表三寸恣意运行

*

明日的太阳，氢气已燃尽
化为暗淡的圆圆的红巨星
喷出的烈焰直奔地球
摧毁我们苦心经营的家园

*

变、变是惟一的真理
永恒与不变
是说谎者的口头禅
是要婴孩止哭的甜点

〈悲喜，还是无悲无喜〉

当圣者在甚深的禅定中
谛观宇宙如透明的琉璃
他无悲
亦无喜

*

无悲

所有获得的必将失去
所有存在的必将毁灭
所有的盛誉必将归零

*

无喜
不再执著,不再持有
心灵平静宛如深湖
无怖畏的风吹拂
无烦恼的浪掀起

游以飘　诗六首

两语

横竖,这回事就两磁场
但两语,非三言能说清楚
左右逢源,即便大于偶然
往往小于全然
你说:感性用华语流露
理智,最好就以英文梳理
然若果五味杂陈呢,咋办
抑或九九归一,又如何果真
你给玫瑰换上许多装扮
蔷薇她也在挑选一瓣瓣的衣裳
问题是:移动的事物总不安分
狐狸,投入另一辞林成了精灵
刺猬,转一词海就变为龙卷风
何况,那些年的思绪
这些年的思路,从一语系发酵

再到另一那里印证,然后来回
反复穿梭,肯定历经许多解构
重构也不少,所以两语而三言
而繁复,而归藏而万千而天物
于是,你的小情绪大命题无异
那便是,窗外的雨丝与光线
如何修剪,以及修辞为一首诗
上升成一母语

2015 年 2 月 19 日

后裔

花了三十二年思考一朵蒲公英
尔后,不想
美丽的羽绒,抽丝那样
给天地补针脚,在海底捞注脚
搅动,黑汤药的一勺子

咳嗽的十一月

痒,一根茎
逐渐溢满的瓶中稿
字字泛红,拥挤如石榴籽
胀满肺腑与口腔
预备,一、二、三,发射
向高空

向无尽的方向分散
落在无穷的可能
像子弹，飞的进程，不飞后的葬礼
更像爱情，从方寸的鹿撞，到方丈的寺庙

然后，又想
下辈子的后设
抛物线，必须经过神秘的默许
大叙述与小叙事，彼此寻觅对称
为了我送的曼陀罗，二十四支彩笔你选来选去
为了你留下的格子绒，我从秋天走到冬天
为了后事，准备升级版
游戏的新一代，是要沸腾一片海洋

水湄，抖动凤凰木的笑声
芦苇荡从地平线收留了一蓬蓬的星火
追随暖气流的雁群，落单一两只
误投他者的簸箕
挣扎，倒腾，如太多故事的信笺
如错落有致，无序的夜色

与阳光较真最后的说明

2015 年 11 月 15 日

花园

花园深处,有人家,还有另一花园
台词与潜台词互相篡位,辞藻进行光合作用
开了谢了,又开又谢,数季节,调温室
一朵是偶然,两朵是必然,三十八朵是轮盘

回旋的回廊,荷花在整理裙摆
时光在雕栏溜达,宛如玉生烟,垂下的丝竹
不是黑暗过于庞大,而是连光也爱捉迷藏
怎么看,都是迷宫,暗门外有四十大盗

护花铃,有时近得像耳环,有时远得像传说
修剪了光线,整理光纤,思路在花间仍然分了岔
暗喻那么多,一花一世界,何况还有叶
城里的镜花缘,红花的妖娆,甚于原版的一百位

数不清如满天星,喷泉边上的天堂鸟
向郁金香索求一位拇指姑娘,向豌豆邀约一位巨人
向安徒生与格林,请教叙事手法
花蜜酿酒,对影三人,慢慢地,还原李白一角

2015 年 11 月 3 日

下个月

如果,下个月恰好路过那里

那里仍然没有预期的美好

结果,就结在宿醉后的街上

一路糊涂的散播

以及废弃物四五个

以及分裂的词语,六十九个

弯曲着,昨天那五十七个动词

亲嘴过的威士忌瓶,七歪八倒

搅拌咖啡的牛奶罐,也好不到

哪里去,压扁成零,或问号

昨夜星辰,已经是昨夜的

依旧爬上来的太阳

仍然黑如黑洞洞

嘿嘿,仍然是另一垂天的黑幕

黑,布满四周,也补充这广场

在声音握不起来的街道

没有女孩卖火柴

你认不出路人与市民的脸

你看到:有人进当铺押一枚勋章

有人弹吉他,唱民歌,走江湖

有人在家宅外晾起洗好的衣服

有人,在窗玻璃找不到自己的影子

不能红成红鞭炮

也不能蓝成蓝调

那枚月亮,从不全圆

仍然左弦月,关于下个月

你只能继续想象

构建那个埋葬过去,与现在的

地方,设想那里长满野草

野花,满天飞舞

你用回形针将下个月别在

昨天,那里竖起一根根骨头

你刻上一组又一组的数字

一天与一天的矩阵

你,逆光摸出火柴

在磨损处摩擦

2015 年 4 月 8 日

野兽

哪儿躲去了? 信筒里,交通灯柱下

商场的大门,餐馆的桌面,大楼的阳台

蓄水箱,风向仪,避雷针

兽的气息,残留的一些些,仿佛真的没有

越海的象,卷曲的穿山甲,黑白相间的貘

追捕的犬,河边倒逼的鼠鹿

季候风凝固以后,野兽们回到历史以前

虚构蛮荒,修辞着东北与西南的对角

还得分界的,甚至必须抽离的,那些是与非

正与反,上与下,左与右,前与后

只要不在城里,在野中,或在番外

一切好说：书写从自转开始，公转在草莽溃散

挑逗怀里软香，身边的小动物
偷来的火光，捏造圈外的黑暗
与夜色共同密谋围猎，收伏，或扑灭
使得抵达以后是再一次的离开

暮光覆盖整个城邦，山外山
分水岭的青龙木，分晓了熟烂的日光
在四散的蹄爪印痕里，听到
一个江湖的远飏，伤逝，以及肉身的淹没

2016 年 2 月 15 日

夜行

小心火烛，也提防路滑，摔成无数小鬼
充军黑的版图，碰到许多假象，摸不到一头真象
秒针扩张瞳孔，如幡然醒来的猫头鹰
时光穿洞，如针孔，穿不过行旅中的骆驼
守夜人偷偷喝酒去，夜越来越酩酊

时间滴答，车表滴答答
灯光工程没有声音，鬼火不安静

从黑木崖下来，火速走霹雳，往首府奔去
要不经新山，转麻坡，出芙蓉

一路煞有介事地相安无事

天下无贼,真与不真,说到底

谜底,关乎聚宝盆是否就在某处

不用说,胡雪岩深知为官的好处

难处,在于那想穿新衣的不是国王

站在玻璃鞋上面那位,非灰姑娘

此地也不是梁山泊

落地的武二郎,虎啤喝过了,拳头比过去更硬

可那猛虎学了乖,不在山上,乐着呢在城里

簇拥着的一群木偶,不在乎长短的鼻子

长起来的痘痘,比谎言美丽,比烟火喜气

划过的流星,流民与城民许错的愿望

抵达一个永远不能抵达的某处

回到未来,回到一个永远没有未来的未来

哗啦啦,星子掉落满地,滴答答

许愿石,过期作废成了陨石

成了脱线的纽扣

扣合不上那些锦衣、寒衣、破衣

那些爱,以及不爱

那些一路撕裂的山水

准备再耗百年闹腾,争辩夜行的方向

2015 年 10 月 28 日

科雅姆帕拉姆巴什·塞奇达南丹
诗六首(外一文)

吹笛者

这是我们所记得的一切:
吹笛者来消灭了这些老鼠。
我们追随他为他的歌所倾倒。
洞穴在我们身后关闭。
我们学着像山这边的
一样穿衣、行走、交谈和发笑。
我们崇拜这片土地的神祇
忠诚于国王。
我们变成了好公民,遵纪守法,
及时纳税,绝不走
路的左侧。
当这个国家向
山那边的宣战,
我们劫掠我们的父亲,让我们的母亲守寡,
谋害我们的兄弟

调戏我们的姐妹。

现在我们知道:这是片鼠之地。
他们耗空了粮仓
来装饰宝座。
我们现在等那吹笛者归来:
穿越山峰带我们回去
再一次成为我们自己。

1989 年

甘地与诗

一天,一首精瘦的诗
来到甘地的修行处
瞥了一眼这个男人。
甘地朝着罗摩①
不停地纺他的线
并没注意到这首诗
正等在他的门前
因不是祈祷歌②而羞惭。

这诗清了清他的喉咙
甘地透过

---

①　Ram,毗湿奴的一个化身,史诗《罗摩衍那》中的英雄。
②　bhajan,印度教的祈祷歌。

曾见识地狱的眼镜的
边框盯着他。
"你纺过线吗?"甘地问道,
"拉过清道夫的小车吗?
在清早厨房的
油烟里站过吗?
你挨过饿吗?"

这诗回说:"我生于
树林,生在猎人嘴里。
一个渔夫在他的村落里把我养育。
然而,我不了解工作,我只唱歌。
最开始我在院子里唱;
随后我变得结实、英俊;
但现在我流落街头,
吃不饱饭。"

"那更好,"甘地诡异地
笑着说道,"但你必须
戒除时而用梵语
讲谈的习惯。
去到田间,听听
农民们说话。"

这诗变作一粒谷
躺到田间
等候耕种者来
翻犁这新雨润湿的

处女地。

1993 年

如何去到道观

别锁门。
轻步如微风中的叶子
沿着黎明的山谷行。
要是你太美丽，
请用灰涂抹自己。
要是太聪明，请昏昏沉沉。
那快速的
将厌倦快速：
慢下来，像静止一样慢。

如水一般无形。
平躺，甚至不要试着起来。
别绕着神转：
虚无没有方向，
无所谓前、后。
别用名字叫它，
它的名字没有名字。
无需供品：空罐子
比满的更易于携带。
亦无需祈祷：愿望
在这儿没有位置。

请默语，假使你定要说话：
像岩石对树说
叶子对花说。
沉默是最甜美的声音
而虚无拥有
最美丽的颜色。
别让人看见你来
也别让人看见你走。
像穿过冬季河流的人一样
穿过这皱缩的门槛。
如同正在融化的雪
待这儿你只有片刻时间。

勿骄傲：你甚至都没成形。
别愤怒：甚至埃尘
都不由你随心支配。
不要悲伤：那并不改变什么。
弃绝伟大：
要想变得伟大，别无他法。
永远别用你的双手：
它们正冥思着的
不是爱，而是暴力。
让鱼游在它的水里
果实长在它的枝上。
柔软的会比刚硬的活得长，
正如活过了牙齿的舌头。
唯有无为之人

为万事。

去吧,那未塑造的偶像
等候着你。

1994 年,曲阜,道观

拉尔·戴德声言反对边界①

1

昨晚我看到一棵尖叫奔跑的
悬铃木。
它的叶子和枝干战栗着;
它的根渗出血来。
它害怕回头看。
天空淹没于达尔湖②;
它现在是一条火之河。

一头长着具短吻鳄身体
生有一千张龙脸的可怕野兽
自闪闪发光的湖里浮现。

---

① 拉尔·戴德(拉勒斯瓦里或拉拉·阿丽发),克什米尔女圣徒诗人。她
离开她所嫁入的但并不幸福的婆罗门家庭,去修习湿婆悉达和苏菲的哲学,赤裸
行走,拒斥种姓、宗教仪式和习俗,咏唱她的瓦克斯诗节。在此,她注视着今天被
包围的克什米尔,对边界作出评论。

② 克什米尔峡谷里的大湖泊。

它的眼睛发出闪电。
死婴悬荡于它的
万只爪子。
它分叉舌头的
毒液所降之处，
兄弟们都开始互相争斗起来
藏红花和檀香树
眨眼间便枯萎。
它的呼吸激起的沙尘暴
熄灭了太阳，引女人们误入歧途。
曾载满莲花的小船
现在运送着无人认领的死者。
它降下骨头来。

湿婆在堆积于废墟
无生命的雪里舞蹈。
他的鼓唤醒我。

2

我独坐着，荒凉，我的喉咙
因我喝下的毒药而呈蓝色。
当我问起关于湿婆的事时
便四处盛开的那些雪松
在哪里？

峡谷里的圣徒们，什么时候
我们的话语才能像水自未烧制好的
陶罐里渗出一样从心里流露？

春天和星星不会同

相信边界的人交谈。

我不相信边界：

沙粒知道

它们所处之地的名吗？

苹果树根

在人类建造的墙下

延伸向彼此。

风、水和根

竭力反对墙壁。

鸟儿们用它们锋锐的

翅翼扑打着边界线。

那些地图上的线

甚至无法阻止一片枯叶。

让我们成为河流。

3

我从尘世旅行

至天国和地狱；

我没能寻索到言辞之允。

肉身留在这儿；

灵魂骑乘彩虹。

有时它看到一只

对半撕裂的鹰；

有时是长角的云朵。

看到般度族的母亲

在森林里收集柴火,

衣服污脏,骑在骡背上,

抵达卡林迪的

克里希那①。

看到犁着地的湿婆的公牛,

漫游在守护大地的

群山之间的帕尔瓦蒂②,

自一间部落小屋歌唱的悉多③。

听到虎穴之中

罗喉④的笑声。

4

正午时分我看见黑暗。

我们饮着酒,坐在火山口,

我们在坟墓边缘跳舞。

栖于月下

南迪⑤眼睛般闪亮的

夜莺告诉我

血液不知道边界。

持续奔流于另一个人的

是其自己的血液。

---

① Krishna,或译"奎师那",至尊人格首神,印度教崇拜的大神之一。其梵文的意思是黑色,故又译"黑天"。因为黑色能吸收光谱中的七种颜色,暗指他具有吸引一切的力量。他是毗湿奴的第八个化身。

② Parvati,湿婆之妻,喜马拉雅山的雪山女神。

③ Sita,又译悉达,意为"犁沟",罗摩之妻,《罗摩衍那》中的女主人公。

④ Lav,或作 Rahu,又译"罗喉",原为印度占星术中与计都(Kedu)构为一组的星宿名,亦是印度神话中将太阳和月亮吞下的恶神。

⑤ 南迪是湿婆的圣牛。

当两个人在爱里触摸彼此

他们的血液合一；

带着仇恨触碰

血液则尖叫着流出。

甚至衣服也是边界。

所以我将自己脱光了抵达我的湿婆，

赤裸如湖面上的微风。

我的唇是燃烧的灯芯，

我的乳房，花儿

而我的臀，香：

我是供品。

问问菩提和紫铆①，

灵魂没有宗教：

自然哺育万物。

蓝色天空

是尼拉坎陀的喉咙②。

5

我请求云雀在死之前

向我揭示她歌儿的意义。

她仅是说，余烬将死

如果它们停止闪烁。

---

①　palash，拉丁学名 Butea monosperma，也是印度北方邦的标志性花卉。

②　湿婆被叫做尼拉坎托，因他喝下诸神和魔鬼合力搅拌乳海时随神饮一道出现的毒液，喉咙变蓝。

我看到为饥饿者烘焙的

她的歌儿。

它为那些寒冷中哆嗦的人

爬上织布机，

为那些没有庇荫的人

把自己弯拱成一片屋顶。

随即我懂得了

祈祷的意义。

每一块石头都变成了桑布乎①。

杜鹃把卵产在每一根血管里，

每一根神经都变成了

桑图尔琴②弦。

我在豹子的洞穴里跳舞。

词语失去了它的界线。

6

我是一个

无限蓝的湖。

湿婆，我无尽绿的

岸。

没有铁幕，甚至没有栅篱。

让雨和鹿在任意一边掠过。

嗨，那些试图挤木牛之奶的人，

——————————

① 桑布乎，湿婆的另一个名字。

② 桑图尔琴：一种克什米尔弦乐器，起初叫萨塔坦崔琴（satatantri），有一百根琴弦。

手臂理当用于拥抱。
已克服了贪婪心的她
需不着剑；
已克服了肉欲的她，无需面纱。
沿这石头路：
它既是杵也是纳特拉吉①，
别要玷污它。

瞧这儿，我的喉咙
是梵天的酒杯。
我肩上是一只鸽子和一头狮子。
我是未来的童年，
七条命的巴旦木。

我是字母表。

7

我不相信边界。
没有堡垒能够阻止
那些生生不息的人。
我们曾在过去；
我们将在未来。
无限总是新的，
月亮，也是新的。

噢体内永不休止的心智

---

① 纳特拉吉：跳舞的湿婆。

像母亲膝上的一个婴孩，
从小小的附件
变成更大的，
走向无方向
之地。
意识没有外在于
官能的边界。
吉万莫克塔①的日光无止境。

告别血腥气弥漫的
徒劳之晨
告别具有火药味的
历史之雨

回来，葡萄园，
回来，我的羊羔，
麻雀，荷塘：
自沙粒中
召唤的无限。

1996 年

口吃

口吃并非残障。
它是种说话方式。

---

① 超然的、准备好解脱的人。

口吃是跌落在
言语与意义之间的沉默，
正如跛足
是跌落在言语与行动
之间的沉默。

口吃先于语言吗
还是继它之后？
它仅是种方言呢
还是一门语言本身？
这些问题使
语言学家们口吃。

每次当我们口吃
我们都在向意义上帝
祭献一头牺牲。

当一个民族口吃
口吃就变成他们的母语：
正如我们现在这样。

创造人的时候
上帝也一定口吃过。
那就是所有的人类语言
都带有不同意义的缘故。
那就是从祈祷到命令
他说出的每样东西

都结巴的缘故，
比如诗歌。

2002 年

无限

我想同你做
春天同樱桃树所做的
　　——巴勃罗·聂鲁达

1

最后一滴夏雨
正滴答于那片落在
窗边的芒果树叶。
我像个破解指纹、玫瑰花瓣、
手稿和毒药瓶的
夏洛克·福尔摩斯一样
收集了你的信件，你身上的
指痕和气味
试着解开你的秘密。
我重塑你的轮廓
像醉酒的司机看见一道彩虹
穿过挡风玻璃。
最终，带着抑制不住的热情，
我拥抱来路上经过的一切：
发情之秋的湿袍子，

夜来香半开的花枝，

卡夫卡写给米勒娜的信，

洛尔迦的谣曲，

《拉曼南》①，

《蒙娜丽莎》。

2

那是一个夏夜。

你悄悄放你的手掌在我掌上

像上帝擦亮一道彩虹

放在蔚蓝天空。

那诺言意味着什么？

——我们将沿着

没能共同分享的一个童年春天

那些雨水湿透的僻巷走下去

从坑洼里溅起水来？

——我们将通过一个令人

兴奋不已的吻传达给彼此

我们艰辛过往的全部不安之史？

——你的耳朵将散发茉莉花香

当我的唇变成一阵情热的微风

低语"爱是与一位天使永恒的争论"②？

――――――――――

① Ramanan，一首由钱嘎姆普扎·克里希那·派莱(Changampuzha Krish-na Pillai)创作，流行的马拉雅拉姆语田园哀歌。

② 雅罗斯拉夫·塞弗尔特(Jaroslav Seifert)《与一位天使抗争》(Struggle with an Angel)。

——把我们的羞耻长袍
扔进火里，整个夜晚，
我们用热切之舌
尝夜花酿的野蜂蜜？

3

你是在越南躲避炸弹，
那个瘦小的七岁孩子。
在你村庄叶子枯干的巷道着火时，
你裸身奔跑，把你燃烧的身体
留给风和太阳。
你所至之处是我
哄饥饿者入睡的乳房。
在屡经战争的伤疤中
我已为你存留好
一桶文字来熄灭火焰，
为你烧伤的心留一滴蜜
为明天留一粒葵花籽。

请不要说我们在两个行星，
我们的舞步被上了镣铐。
请不要说它从我们梦见了
叶子和鸟儿的岩石中来。

自打你出生你便是我的。
我长出这些荆棘等着你。

然而只有深入沙滩的春天

才能将枣椰①充满甜蜜。

4

被清凉微风玫瑰般的爱抚安慰，

我们走在像片孔雀羽毛

一样躺着做梦的湖边。

在蜜与酸之夜

脸红的回忆里

你的心在我手中悸动。

我的唇有四道彩虹；

而你的乳房，四朵云。

你的发缕

在我枕上草乱书写："你的香气，亲爱的，

我将携至我的园子。"

我舌头向你的小肚肚低语：

"我渴望在你里面萌芽，

我想要诞生于摆脱了战火的世界。"

你在别斯兰那些

被屠杀的孩子②上空抽泣；我从巴格达

爆炸的屋顶掉入最后的葡萄园

---

① the dates，双关，又指"日子"。

② 指别斯兰人质事件：2004 年 9 月 1 日上午 9 时 30 分左右，一伙头戴面罩、身份不明的武装分子突然闯入俄罗斯南部北奥塞梯共和国别斯兰市第一中学，将刚参加完新学期开学典礼的大部分学生、家长和教师赶进学校体育馆劫为人质，并在体育馆中及周围安放了爆炸物。俄罗斯军方包围了学校 3 天试图解救被围困的平民和学生，事件在 9 月 3 日结束但导致了 326 名人质死亡，从而成为俄罗斯最严重的恐怖主义袭击事件。

摔成碎片。

上帝扔下的一个烟屁股

朝我使眼色:"你又多了

三个夜晚来庆祝你的幸存。"

5

你放一枚红色的曼查迪①种子在我额上。

我绕你肚脐滚动一颗珍珠。

我用香蕉花蜜

搽你的乳头。

你放一朵紫色的曼加纳里②花

在我唇上,吹

一组图卡拉姆③对句到我胸膛,

我以伊朱扎钱诗中一片叶子

来礼拜你的眼睛。

我说:马蒂斯

你说:贝多芬

我说:梵高

---

① manchadi,海红豆(Adenanthera pavonina)在印度喀拉拉邦的名字。

② manganari,据诗人自己解释,此指一种散发芒果香气的紫色花。

③ Tukaram(1577—1650),一位杰出的瓦尔卡里(Varkari,意为"一位朝圣者",是印度教巴克提派宗教传统中一种毗湿奴派信徒的虔信运动)圣徒和巴克提(Bhakti,巴克提派运动,又称虔信运动,是印度教与伊斯兰教之间既彼此对立又相互影响的产物。12世纪兴起于印度南部,初期的代表人物是罗摩奴阇(? —1137)。罗摩奴阇强调"梵天"在印度教诸神中的至高地位,认为"梵天"是天地万物的创造者、保护者和毁灭者,一切存在皆由"梵天"而来。13世纪以后,巴克提教派运动由印度南部传入北方各地,主要流行于城市下层群众中,罗摩难陀(1360—1450)和克比尔(1440—1518)成为主要的代表人物。罗摩难陀不仅认为"梵天"是宇宙万物的主宰,而且强调众生平等的原则,所有虔信"梵天"的人不论身世高低贵贱,皆可获得解脱)宗教诗人。

你说:莫扎特

我说:毕加索

你说:斯特拉文斯基

我说:布莱希特

你说:库马尔·甘德哈尔夫①

我说:巴列霍

你说:拉曼纳冉②

我说:爱。

你说:爱。

我举你至酒杯般的月亮。

随后我们接吻,为宇宙万物干杯。

你回来,一道彩虹

环绕你的脖子,一颗星在你发间。

你说:天空

我说:海洋

蓝色包绕我们。

蓝色音乐。蓝色月光。

蓝色的你。蓝色的我。

蓝色迷药。

6

我正给你读里佐斯的诗行:

---

　　① 库马尔·甘德哈尔夫(Kumar Gandharv,1924—1992),一位知名的印度古典风歌手。

　　② M. D. Ramanathan,一位著名的南印度古典歌手。

"我知道现在是太迟了。让我来
因这么多年里我都独自一人"①

我曾以为你将谈及
里尔克的狮子或马拉美的天鹅；

但你在思量着爱，
诸神中那最美的。

7

为何你诞生得如此晚？
你曾在哪一颗星星，哪一片水域？
哪一次日出，哪一种人类的恐惧？

不，爱从未来迟；
它废止年岁，
闪电一般落在时间中心。
随后坐在墓碑上
它低吟策兰怀旧的诗行：
"你金色的发，玛格丽特，
你灰色的发，舒拉密斯……"②

噢，你直直的发令我疯狂。
像从前线回来的
贪婪士兵，一再沿着乡村

---

① 扬尼斯·里佐斯《月光奏鸣曲》。
② 保罗·策兰《死亡赋格》。

驾驶他们的货车，
我的手指顺那些黑色巷道
起劲摸索着
一块手镯碎片，
一滴月光，
一支被遗忘的摇篮曲。

你情热的唇令我疯狂。
我再三返抵它们
像个酒鬼回归他的酒。
我返抵你结实的乳房
像个虔信者回归他家庭女神的
大理石偶像。
我返抵你燃烧的肚脐
像供品回归祭火。
我是供品，第一个男人。
你是火，第一个女人，也是最后一个，
无限而永恒。
你是高瑞、阿鲁娜、巴尔伽薇依、梅蒂尼。
我是盛开于部落小村的木槿，
唱念你的千个名，
渴望到你膝上去。

8

我曾穿过许多半明
半暗的胞胎旅抵你。
你有许多名字：拉妲、乌尔瓦西、
莱拉、安娜尔卡丽、莉拉、钱德丽卡；

每一个都是朵半开的葵花。

我既不想要朱丽叶也不想要克利奥帕特拉；

我只想要棘手的那个，爱我的那个，

开在沙漠里的，

记得一切的，分享一切的：

痛苦、疯狂、语词、思想、

身体、灵魂，一切。

传说中的女儿，请将我

带离这日渐

糟糕的世界

为了那些钢琴峡谷中

兰吉尼①月光里

尚未盲目的人。

瞧，鲍勃·迪伦已变成月光；

每棵树都摇摆在他吉他微风里。

9

你把我的牙齿留在你右乳上的

红印掩藏在了哪里？

你把它借给了夜空？

所有交织于天空的鸟儿都变红。

叶子，花儿，溪流，小山，都变红。

一枚红月亮俯身在一片红海上。

———————

① ranjini，卡纳蒂克音乐中的一种拉格。

明天的太阳也将变红。

一张床单如何在一夜之间
变成了筏蹉衍那①!
性爱也是冥思,
以二十四种姿势。

10

"像红色土地和瓢泼大雨……"
一个微笑从《库伦柔凯》②
书页里跳出来。
我们被如此混合、捏塑
没有干旱能够分离我们。
我就在你的每一滴里
你就在我的每一粒中。

你是一丛竹林。
当我吹过你,
你每个毛孔都渗出肖拉西亚的音乐③。

你是一块调色板。我疯狂的手指
把你的色彩涂在画布上
像一幅保罗·克利画作。

———————————

① 筏蹉衍那著有讨论性爱姿势的《爱经》。

② 《库伦柔凯》(Kurunthokai),一部泰米尔语经典诗歌选集。

③ 哈里普拉塞德·肖拉西亚(Hariprasad Chaurasia,1937—),印度一位著名横笛(bansuri(ban,即 bamboo,竹子;swar,即 musical note,音符),或译"班苏里",印度一种中音横笛——译者补注)演奏家。

你的脚镯回荡在我所有语词间；
你翅翼的扑打声
回响于我全部的季节。

这本你一直为我翻开着的潮湿的书，
是《吉塔哥文达姆》还是《嘎沙萨普塔萨提》①？

11

你喉咙里有许多鸟儿。
一只，是鹦鹉，另一只，八哥。
你睡觉时，它们回到树林。
当我看你裸睡，
我回忆起广岛。我把
玻璃碎片从你身体里取出来
擦去凝血。
你是每一个女人，被弃于
森林那个，被葬在
回水里那个，街上被石刑的，
火刑柱上被焚烧的，被毒害的，被交易的，
被爱的，新娘，寡妇，妓女。

让我亲吻你抗争的身体
为所有没能在大地上
开放的花儿，为爱人和难民。

---

① 《吉塔哥文达姆》(Geetagovindam)，伽亚德瓦(Jayadeva)创作的一首十四世纪梵文情色灵修诗；《嘎沙萨普塔萨提》，一部由金·哈拉收集的俗语(Prakrit)性爱诗选集。

噢,我的抹大拉,

我非耶稣。

12

现在半睡着,我们听卡比尔①。

罗摩放弃王位

放他的手臂在我们肩上

歌颂从徽章解脱的身体

和无条件的爱。

他邀请我们去无限。

我窥入你眼睛的夜空。

那儿新月拉着小提琴。

来,此刻,让我躺你膝上。

我希望听到大海浪涛,如同

库马尔·甘德哈尔夫吟唱图卡拉姆阿邦②。

13

你用我昨晚饮酒的唇

白讲坛处读诗。

我的手变成抚你头发的微风。

每个浮现的词都带着一个湿湿的吻印。

我们看不到听众。

---

① 卡比尔(Kabir,约 1398—约 1518 年,又译迦比尔),16 世纪灵修诗人,职业为织工,保守宗教的一位批评者。

② 阿邦(Abhang)是一种被 17 世纪马拉地语圣徒诗人图卡拉姆普及开来的诗歌。

让这世界消失；你的语词只为我。
每个人的语言如何在特定时刻
变成了仅属于我们的！
每个名词都变成一根伸向我的橄榄枝，
每个形容词，一只翅翼，每个动词都滴答着
像只测量爱之跨度的时钟。

请求同义词让我们单独待着，
让我们直接交谈。

气味狂乱，我一头扎入你。
你是最为狂野的河流，
波涛汹涌的海，越过《圣经》的
盐之旅，灰烬下面
星火的守夜。

14

告诉太阳明天不要升起。
告诉门不要急急敞向这世界。
告诉床不要把我们出卖给日光。

你的面颊红似火焰上的一道拱。
我把你当个小女孩看，白色小裙子，
头发编了辫子，手里捏一片
柔嫩的椰树叶，牵着妈妈的手
走在去教堂的路上。
我见你穿了宽松的裙子，在乡村场坝上
等着巴士。当时你注意到我了吗，

如同只蝴蝶振翼于你周围？
一只麻雀，我曾从你学校教室的
窗台观察你。
你迈动的每一步都朝向我。

我害怕。明天夜晚也将到来。
噢，血与魔之夜，
地狱里，没有你。

在我们分离前，请投身于我的语词——
你独一无二的，白百合
与辛辣椒混成的香味；
难得一闻，那穿越骤下的雨水，
燕子啁啾的声音；
将旋风的消息传至每个毛囊的
你长长手指的触摸；
我绝不会知晓
那黄兰花的，或石榴粉红果肉的，
你的秘密之味。

随后我便可以直直注视这骇人
世纪的日食：直到我盲坏的眼睛里
只留下，只留下
你那被钟爱的形象。

2005 年

（由诗人与里齐欧·拉吉（Rizio Raj）一起从马拉雅拉姆语译成英语）

有关诗歌，有关生活

科雅姆帕拉姆巴什·塞奇达南丹

我无法辨别出诗歌从何处来到我这儿；我几乎没有任何一位诗人先辈。无论何时，只要一考虑到这点，我便听到我那位于喀拉拉邦的村庄连绵之雨的繁复旋律，便忆起我还是一个学童时就读到过的马拉雅拉姆语《罗摩衍那》明晰的诗行。在那部史诗里，诗人向文字女神祈祷，希望可以像大海不止息的浪一样，持续不断地将贴切的语词呈现于他脑海。我的母亲教我跟猫咪、乌鸦和树木谈话；从我虔诚的父亲那里，我学会了同神灵交流。我精神失常的外婆教会我创造一个平行世界，以便逃离这日复一日无聊乏味世界的低劣生活；死者教我成为一个与土地同在的人；风教会我移动和摇摆而永不被发现，雨用一千种变调来帮我练声。因了如许老师，也许，不成为一个勉勉强强的诗人都是不可能的。在一首早期诗作《外婆》里，我不偏不倚地检视了我的创作之源："我的外婆精神失常。/当她的疯癫成熟为死亡，/我的舅舅——一个守财奴，/用稻草把她裹起来/存进我们的贮藏室。//我的外婆干透了，炸裂开，/她的种子从窗子里飘出来。/太阳来了，还有雨，/一株幼苗长成了一棵树，/其欲望诞生出我来。//我怎么能够不写些关于/镶金牙的猴子们的诗？"精神失常的不止我外婆一个；在这个家里，共有三个，且全都是女性。那也解释了我在许多诗歌里对疯狂颂扬、对清醒怀疑的缘由。

我们的村庄美丽，虽然只要一住在那儿，我便无法意识到它的魅力。它拥有在洪水期积满水，8月丰收后又开满蓝色花儿的稻田；生着有名无名的蔓藤和花儿的小山；漂浮着运送客货的小敞篷船的回水；小小宁和的佛寺、清真寺和教堂，正如现今它们有时所展现的那样，它们曾供养过真神，而非魔鬼。我们村庄的北部，普鲁特，归共产党统治，而南部，由众议院议员们掌管。我初小和高小的学校均位于北部，这意味着，在那儿我是个小小的共产主义者，但在家里所有人都跟着议会走。甚至我们用来装饰礼拜①堂那些图像上的神，似乎也各属一个派系。虽然那些神比党派人士要稍微凶煞一些，因为党派人士绝不像他们一样戴髑髅环、佩剑持矛，也没有好几个头。不过，家庭钟爱的戈雅画作②似乎还蛮融洽于那些后甘地时代。那也是我学到的超现实主义的第二课。第一课是那场长达三个月、差点要了我小命的高烧，那时我才四岁，它带来了那些充塞我早期诗歌的达利般的梦魇。

我生于一个中产阶级家庭。到我出生那会儿，它已是一个完整的家：教育程度不超过高中的父母，一个姐姐和一个哥哥。我的父亲做些零散的活：耕作我们自家的土地（我们也在那儿帮忙），或在律师事务所工作，帮人起草土地交易的法律文件。早先他还在警队里干过，后来他自愿从那儿退离了。有两个姐姐在我出生前就已意外离世。我有首诗就是写给其中一个的，一天夜里，她出现在我面前，把她萎叶般柔软的手放在我掌上，邀我去她那轻微悬浮于尘世之上天堂之下的迷人国度。我的母亲教我尊重所有的宗教。我曾陪伴我的朋友阿卜杜尔·卡德尔去参加过钱达纳库达姆（清真寺里的节会），以同样的热情，我还同他参加了佛吠节会查拉泼利，在他家享用过他姐姐卡蒂娅做的帕什里③。我的哥哥以前经常写诗，虽然他最终成为了一名工程师。就在我们需要更高教育的时候，这个家庭，因为我姐姐的孩子们而变得更大，与此同时，无可避免的土地改革分掉了我们一块曾由佃户耕作的好地，这使它变得更为穷困。但奖学金让我们得以继续大学的学业。我那离婚的姐姐那会儿又同一个名叫 V. T. 南达库马尔的小说家结了

---

① pooja，印度教礼拜。又，本书注释若无特别说明，则系译者添加。

② Goya-figures，据诗人自己解释，此处 Goya 即指"西班牙画家戈雅（1746—1828），他绘制过一些奇异的人像，常是半动物的，像卡通里的角色"。

③ pathiri，一种用米粉做成的薄烤饼。

婚,为这个与俩"野心家"斗争已久的家庭再添一名作家。我那些就读于村庄里马拉雅拉姆语中等学校的朋友大多数都来自很穷的家庭。我在一首关于同学的诗中回忆起他们,昆吉姆哈姆梅德、瓦苏和加纳吉,他们都没有上大学。我的一些老师,尤其是需要过条河再走上一段才能到的科顿加鲁尔(一个小小的佛寺镇,早先叫穆吉里斯,一个将希腊人、罗马人和阿拉伯人带至喀拉拉邦的港口)高中那些老师,曾鼓励我写作。拉格哈万马斯特尔,我的马拉雅拉姆语老师,每次诗歌比赛都让我去参加,而我也很少让他失望。我无法忘记桑卡兰,一个疯子,据说曾是个马拉雅拉姆语门希①,他引我进入库马兰·阿桑②伟大的诗歌,那也是他每天早晨为村庄场坝上热切的人群吟唱和翻译的诗歌。为此,我上学迟到,但这是更好的教育。我最初的一些诗发表在村庄图书馆的手抄期刊和高中杂志上。

基督学院,一个经办良好的圣衣会③机构。我在那儿取得了生物学学士学位。它拥有一个藏书颇丰的图书馆。我早期的阅读活动已在以库马兰·阿桑命名的村庄图书馆里展开。在那儿,我不仅读到了伟大的马拉雅拉姆语小说家和诗人,还有泰戈尔、班吉姆、萨拉特钱德拉、塔拉桑卡尔、马尼克·班纳吉、毕马尔·米特拉、亚希帕尔、杰嫩德拉库马尔、托尔斯泰、陀思妥耶夫斯基、雨果、左拉、莫泊桑、福楼拜和托马斯·曼等人作品的译本。马拉雅拉姆语周刊每期至少连载一种翻译小说,尤其是译自孟加拉语和印地语的。在基督学院图书管理员、拉丁学者约翰·马斯特尔的指导

---

① munshi,波斯语,起初是作家或秘书的名字,莫卧儿帝国和英属印度时期用来指欧洲人雇用的当地语言老师或秘书。

② Kumaran Asan(1873—1924),喀拉拉邦三大诗人之一,他还是一位哲学家和社会改革家。

③ Carmelite,又译迦密会、加尔默罗会,是天主教托钵修会之一。12世纪中叶,由意大利人贝托尔德创建于巴勒斯坦的加尔默罗山(又译"迦密山")。会规严格,包括守斋、苦行、缄默不语、与世隔绝。

下，我开始系统地读一点英语作品。我聚精会神阅读了《圣经》，它对我的视野和想象造成了持久的冲击。《圣经》中许多篇章不仅是动人的人类文献，也是伟大的文学作品。我尤为喜欢《约伯记》、《启示录》（那是我学到的超现实主义的第三课）和《诗篇》（尤其是大卫之歌）。也许只有我后来读到的昆吉克库特坦·冉姆普兰马拉雅拉姆语译本的《摩诃婆罗多》，才给了我一种类似的影响。我在 19 岁时读到的佛教《法句经》也给我的伦理想象带来了巨大的冲击。《共产党宣言》是唤醒我道德感的又一本书。在基督学院，我还花一整个假期读完了莎士比亚的全部作品，并做了笔记。我读过华兹华斯、雪莱、济慈和拜伦的选集，并翻译了他们的一些作品，包括雪莱的《致云雀》、《云》和《西风颂》，济慈的《夜莺颂》和拜伦的许多抒情短诗。然而，翻译于我并非什么新鲜事，上高中时，我已根据菲茨杰拉德的版本译出了许多欧玛尔·伽亚姆的柔巴依。（更后来，我还为阿亚帕·帕尼克尔编辑的一卷莎士比亚文集翻译过他全部的十四行诗。）回顾起来，我觉得它们是我的诗人训练的一部分。

我在厄纳库拉姆王公学院取得了英语硕士学位。王公学院在我成长为一名作家的历程中扮演了更为重要的角色。我的阅读强度加大，也更为集中。我也读了包括马克思主义经典在内的大量理论书籍。我尝到了叶芝、T. S. 艾略特、詹姆斯·乔伊斯和萨缪尔·贝克特等为代表的现代文学的真味，他们是课程大纲的一部分。我兴奋得熬夜读萨特、加缪、卡夫卡、波德莱尔、里尔克和黑人诗人。到那会儿，我的诗歌和评论文章已开始发表在马拉雅拉姆语杂志上。我有了一个由稀奇古怪的仰慕者组成的小圈子。然而，那并没能使得我在学院选举中获胜——我曾是一名由常常败给地方党派民主前线的学生联合会支持的独立候选人。我的好友，除了别的，还包括后来成为一位左翼知识分子的 T. K. 拉马钱德兰，现今乃是马拉雅拉姆语一位重要小说家的 N. S. 马德哈万，后来担任喀拉拉邦文学研究会秘书的 P. V. 克里希南·奈尔，现在班加罗尔《德干先驱报》工作的桑卡拉纳拉亚南（我们都叫他纳姆布）。就在那时，我遇到了马拉雅拉姆语新诗的先锋阿亚帕·帕尼克尔，他也是一位出色的学者，在我的生活中扮演了重要的角色。他遣我去参加各种各样的诗歌节，让我为他编辑的期刊《喀拉拉诗歌》翻译了世界各地许多诗歌，那个期刊也发表了我早期的重要作品。后来，他鼓励我来到德里，取得文学研究会期刊《印度文学》的编辑职位。王公学院有一帮杰出的文学教师，为我营造了一种我那时正在找寻的氛围：热情讨论文学和政治，分享书籍和创造性的困惑。我是个焦虑重重的存在主义者，同时也是个半生不熟的马克思主义者，此外，高级知识分子和诗人 M. 哥文丹介绍给我 M. N. 罗伊激进的人类学观点，我被它所吸引。那时，崔楚尔镇附近还活跃着一个小小的罗伊分子的圈子。我偶尔也加入他们的讨论。有时，我的室友 C. T. 苏库马兰（他后来加入了 IAS，为黑手党所谋害）也同我一起去。

1960 年代中期，我开始认真创作我的诗歌。那时，马拉雅拉姆语诗歌在主题、情感和形式方面正经历一场彻底的转变。厌倦了浪漫派的泛滥和革新派的肤浅，新诗人正奋力开创出一种新颖的诗歌风格——全面捕捉当代生活中的分歧和纷杂。他们从三大源头汲取了经验：马拉雅拉姆语诗歌口头语、书面语并行的别致传统；印度诗歌（古典的和现代的）大传统；还有现代欧洲诗歌的先锋实验。在那个时代，新的韵律、比喻、意象、语言模式、感觉和思维结构，不同文化中的原型、神话和传说的极端排布，改变了我所使用的或别的语言的诗歌风景。这变化对我的诗歌创作也产生了影响，带来了新的方向和维度。我们聚集在《喀拉拉诗歌》周围，而每一季刊物的发行都变成一次诗歌讨论和朗读的契机，其中一些由卡瓦拉姆·纳拉亚那·帕尼克尔、G. 阿拉文丹这样的戏剧或电影导演来主持。在 1970 年代，我同我的朋友、新运动的大力支持者

P. K. A. 拉赫姆一起出了本名叫《吉瓦拉》①的小杂志。它刊载西方最新的思想和作品——艾伦·金斯伯格、约翰·凯奇、五行打油诗、图像诗和包括博尔赫斯在内的阿根廷作家的小故事。一个基于现代感性而形成的新的同仁组织正在喀拉拉邦发展起来，除了作家，它还吸纳了现代画家、雕塑家、电影人和剧作家。我写了一系列关于现代绘画和别的艺术形式的文章。在我丧失了语言上的信念，遭遇信念危机和持续不断的沮丧时，我也在短暂的一段时间里画过画。我的第一本诗集《五个太阳》在1971年出版，而我的一本诗论集《库鲁克舍特拉姆》在上一年出版；许多小集子也随即出来了，基本上每两年一本。那也是电影社会运动的年代，我们在我任教的伊琳加拉库达镇上也发起了一场，举办了多次从爱森斯坦、伯格曼到戈达尔、塔可夫斯基的电影人作品回顾展。后来，我还增加了许多我喜欢的导演，从黑泽明、扬索到基耶斯洛夫斯基、帕拉基洛夫和安哲罗普洛斯。我从未想过要成为一名批评家，但仅是为了阐明正在兴起的现代感性，我被迫扮演那个角色，写关于新诗、新小说和现代画的书或文章。我在后结构主义诗学方面的学术研究和批评尝试不能说对我的诗歌有何助益，但它们确实提高了我对创造性写作的复杂语言程序和所有写作中必不可少的匿名与复调的性质的认识。结果，我在自己的写作中较少变得激进。

1970年代后半期，一次新的政治戒严使现代诗歌获得了新生；那会儿，它准备承担起更多的社会问题和历史情状，并质问现状。新诗变成了历史的眼睛，获得了主要来自新左（毛主义者）运动的动力。如在孟加拉和安得拉邦一样，新左运动在喀拉拉邦也吸引了众多年轻理想主义者。现在我可以看出它的政治思想存在着问题，但它确实产生过许多改变我们诗歌、小说、戏剧和电影的能量。早先的高级现代主义者联谊会有了一次重组。一些诗人彻

---

① Jwala，意为"火焰"。

122

底改变,创作出叶芝将称之为"一种可怖之美"的东西。然而,一些诗人取得部分转变,具有同情心。甚至阿亚帕·帕尼克尔、N. N.卡卡德和阿图尔·拉维瓦尔马这样的先驱诗人,也写由社会核心的部落民和无地民带来的新觉醒所点燃的诗歌。也有 K. G. 桑卡拉·派莱和卡达姆马尼塔·拉马克里希南这样的诗人,他们位于新文化运动最前沿。我们全都活跃于致力提高先锋创作的《人民文化论坛》。《关联》和《劝说》这样的期刊为这场运动带来了新的动力。街头戏剧和舞台戏剧随着新剧本和改编本的盛行而繁荣起来。从巴勃罗·聂鲁达和塞萨尔·巴列霍这样的拉美诗人,桑戈尔和大卫·迪欧普这样的黑人诗人,保罗·艾吕雅、路易斯·阿拉贡和贝托尔德·布莱希特这样的欧洲诗人,翻译过来的作品(大多数是我们自己完成的)提供了新的范式。大学因诗歌朗读和校园戏剧活动而生气勃勃。就在那时,我也改编了 W. B. 叶芝、格雷戈里夫人和贝托尔德·布莱希特的一些戏剧作品。我后来应《通俗艺术家论坛》(地方自治主义开始诋毁喀拉拉邦的政治体系时,我同别的一些艺术家和作家协助创办的一份刊物)之请写了关于甘地最后时日的剧本。因了文化理想主义者阿肖克·瓦吉佩伊,在那段时间,我也变成了一名正式的受邀者,参加在博帕尔的伯哈拉特伯哈旺进行的文学活动。这些朗读活动和研讨会使我得以结识大量重要的印度作家,尤其是诗人,包括纳夫坎特·甘果帕德哈伊、昆瓦尔·娜拉衍、科达尔纳什·辛哈、斯塔坎特·马哈帕特拉、拉马坎塔·拉什、伽亚纳塔·马哈帕特拉、迪利普·希崔、阿伦·克拉特卡尔、纳姆迪欧·达哈塞尔、斯坦及·雅沙斯钱德拉和阿里·塞尔达尔·伽夫里,除此之外,还有一些外国诗人,如德雷克·沃尔科特、托马斯·特朗斯特罗姆和菲利普·雅各泰。我在国外的朗读活动中,还遇到了许多别的诗人,比如金济海、塔索斯·德涅格里斯、马哈穆德·达尔维什、大卫·迪欧普和北岛。

70 年代的运动悲剧性地结束,若干年轻人殉难,他们或被警察杀害，或因幻灭而决绝自杀。只是因为常同政治形态和与它紧密相关的意识形态立场保持着批评的距离，我才得以逃脱了他们的命运。我设法在我的诗里公正而明晰地表达这退避、孤立和分裂的时刻。利用这段间隔期，我做了反思，了解了新的理论问题，并创办了一份杂志《为了一个答案》（后来，我编辑了第三份杂志，《绿马》，内容包括艺术、原创写作、翻译和社会、文学理论）。围绕着人权，消费者权益，环保，部落民、贱民和妇女解放等问题，也展开了一些新的社会运动。我发现一种崭新的"小型斗争"或"横向斗争"——如米歇尔·福柯所说——的政治思想正在喀拉拉邦兴起，它同 70 年代的运动一道展现出它们的伦理关怀。大致在这段时间，阿亚帕·帕尼克尔鼓励我去德里，取得文学研究会《印度文学》的编辑职位。

辞去我在大学的工作，放弃国家文化场景中我扮演的角色，这一点也不容易。但我内心的冒险家胜过了我清醒的灵魂。令许多人吃惊，甚至懊恼的是，我决定投身其中。坦白地说，当我将我失去的同德里所给予我的相比较，我不后悔这决定：各种艺术形式新近的大爆发；对印度文学加深的兴趣（引出了许多新的研究，其中一些收录在我关于这个主题的 3 本英语书籍中）；与故乡保持的距离上的优势（有助于我时而怀旧地凝望它，时而批判地检视它）；许多关于喀拉拉邦的马拉雅拉姆语诗歌；一个国内国外作家朋友的大圈子；作为研究会期刊的编辑，后来又是它的执行主管，我给它带来的活力；在三大洲的旅行（常常给我大量诗作带来灵感，也为我的诗歌赢得许多外国朋友和译者）。全球性的朗读活动帮我重申了对向不同民族、语言和社群的人们所呈示的诗歌力量的信念。人类只有通过分享母语才能让巴别塔免于劫难。并不奇怪，它曾拯救过柏拉图的理想国、希特勒的奥斯维辛和斯大林的古拉格。现如今，它仍旧将那些令人不悦的事实向着人类那训练了若干世纪来捕捉声音中极微妙差别的耳朵低语。

我构想中的诗歌不仅仅是组合游戏。它自难言之海升起，为无名的命名，给无声的声响。它不仅仅是已树立的价值观念和已确证的真理的再现。正如伊塔诺·卡尔维诺所说，它是预见每日政治彩色光谱的一只眼睛，超越社会学频率的一只耳朵。用尼卡诺尔·帕拉①那句名言来说就是，"它翻卷处女地，前进于空白页"。它揭示的真理可能常常不能立即生效，但它将逐渐变成社会意识的一部分。我也接受了聂鲁达非纯诗（承载远方尘土、百合花微笑和小便的诗歌，从语言和民族的船难中捞救起的词语里创造出来的一首诗）的概念。诗歌有异于不追求韵律和节奏的散文。这区别，在于它消解矛盾的力量，也在于它想象事物为存在、联系词语与记忆的方式；当然，韵律和节奏可能有助于营造气氛。它的吸引力在于超越词典的东西；它复原放逐于记忆之外的词语和经验。洛尔迦过去常谈及"duende"，安达卢西亚人日常交谈中普遍用到的一个词：阿拉伯乐舞里，使得观众直呼喊"阿拉，阿拉"的神性的一瞥。它是歌德在帕格尼尼作品里发现的难以明了的神秘，吉卜赛舞蹈家拉·玛勒拉在布雷洛夫斯基弹奏的巴赫乐曲里所感受到的神圣的信念。对它的探寻是一场没有地图的孤独旅行。每当旋风一般，诗歌颠覆所有逻辑、摧毁全部先入之见时，它也蕴含着那些启示的时刻。每个名副其实的诗人，都必定会感受到那些顿悟时刻所带来的震颤与惊恐，至少，在他们灵感最佳的时候如此。

我常被问及我诗歌的核心主题是什么。要把诗歌简化为主题，这是难以办到的，因为任何一首诗都具有许多不同的解读层

---

① Nicanor Parra（1914—），生于智利中南部小镇圣法比安，从小受到民间艺术的熏陶，父亲是小学教师和音乐爱好者，母亲热爱编织和民歌。青年时，帕拉攻读了数学和物理专业，而后在智利大学教授机械学。他曾到美国布朗大学和英国牛津大学深造，还曾于1959年受邀来访中国。深厚的科学知识背景和丰富的阅历为帕拉的反传统诗歌提供了别样的土壤，促使他最终将拉丁美洲诗歌从先锋派带入了"反诗歌"的全新天地。2011年，帕拉获得西班牙塞万提斯文学奖。

面。正如翁贝托·艾柯在最近一次访谈中所说，作品比它们的作者更聪慧，它们可能蕴含着作者绝不知道也从未想象过的可能性。但一位编辑过我作品选集的作家朋友里奇欧·拉吉，将我的作品分成三部分：阿卡姆，即爱情、居家和内在之诗；普拉姆，即社会关怀之诗；摩芝，语言本身成为主题的诗。假如硬要就此问题作答，我将说，正义、自由、爱、自然、语言和死亡是我的诗歌（很可能是我全部的诗歌）的核心主题。而将我塑造为一个诗人的主要元素可能是地方的、国家的和国际的诗歌传统；经验；对自然和人类的观察；旅行；对诸如音乐、绘画和电影等艺术的借鉴；全部转化为我想象纤维的读与译。当涉及到形式问题时，我持开放的心态，我采用过若干马拉雅拉姆语词句记录本，从街谈巷语到法律文件用语，各种各样民间、古典和现代的有韵律或无韵律的设计。

虽然我已彻底远离了信条，但我的诗中仍旧活跃着对 70 年代的回应。对于诸如正义、公平、自由、爱和对所有生活形式的尊重之类的价值观念，我的信奉是非常合乎伦理道德的。在一个由市场价值支配、全球化力量殖民日益增强的世界里，这些观念变得尤为重要。当我持续提出妇女解放、边缘者权利、生态和谐和无战争世界等问题，坚持对社会事件（从"紧急状态"到地方自治主义的兴起）的悲剧转向做出回应之时，我也没有停止追问更深层次的事关存在的问题：存在、自由、直觉、本性、关系、死亡。在神圣与世俗之间我没有发现矛盾；我可以成为一个没有信仰的虔信者。这是我从圣徒、苏菲诗人和改革家那儿学到的东西，比如卡比尔，比如甘地，他们同每一种等级斗争，挑战它那具有各种表现形式的力量，质问践行信仰的多余的外在形式。除了诗歌本身，一个诗人不需要任何信仰。我只害怕一个灵魂终止交谈、人们无法辨识叶子和瀑布语言的世界令人窒息的沉默。我不希望活着看到，在那样一天，宇宙被剥夺了神圣的权利，邪恶却无可争议地盛行开来。

（任绪军 译 平 楚 校对）

六书和范畴：经学重构的文字学奠基

——《说文解字·序》读记

高倩蓝

冯友兰先生在写作中国哲学史的时候直接把中国哲学断成两期，汉以前是子学时代，汉以后直到清是经学时代，显然他认为汉以前没有经学，清以后也不应该再有经学的位置。他以为在经学时代，儒家定于一尊，儒家的典籍成为"经"，"经"限制了人们的思想，新见解就此只能用注疏的方式表现。

现代关于经学的看法也与冯先生的大略相同，经学被定为始于汉代，时间上起于汉武帝设立五经博士，内容上经学是关于儒家经籍的研究注疏学问，按此规定性经学就类比于西方传统中的古典语文学、圣经研究甚至护教学，这种对经学范围的限定哪怕是站在经学自身的历史之中来看也是对经学的极端狭隘化。

如果我们真把经学窄化成关于儒教的注疏之学，那经学本身之独特性和生命力也就就此晦暗了。无论如何突出经学的思想性，把它哲学化，如冯先生所为，它仍将不过是一门改头换面的语文学或关于宗教的科学，甚或连科学的地位也混不上。这种把经学哲学化的努力，其滑稽性就好比我们反过来找出一个西方经学史，我们甚至可以像冯先生那样给西方经学史分期，第一期为哲学时代,第二期为神学时代,第三期为语文学时代。冯先生把子学和经学凑在一起,搜出有哲学味的碎片来合计命名为中国哲学,这和把哲学经学化一样没有意义。

经学的独特性何来?我以为源于汉语语言相对于拼音文字的独特性,这种语言本身的独特性才应该成为新经学自我规范的基础,在时间上它也应该以中国文字创立之初为上限,内容上它可以从中渐次分出文字学、训诂学、心学、理学、易学、春秋学、礼学等等,它当然不应该拒绝现代学术中的术语和方法,只要能够给旧经带来新意。新经学不应该自限为某种儒教的护教学,如新儒家们所做的,也不该沦为现代学术分工体系的附庸,成为某种跨学科的学术分支。

所以对经学的重构就是我们对传统重构中的重中之重。

如果经学的独特性始于汉语语言的特性,我们就应该先从语言的分析起步。在此我们把经学看成哲学的对应物,经学和哲学构成各自文明的本己视域,一个是西方文明的特有创造,一个是中国文明的自有之物。

我们先看希腊哲学和古希腊语的关系,作为希腊哲学的完成者和集大成者亚里士多德,他的整个宏伟知识体系正奠基于对古希腊语的语言分析。何以如此说?我们知道亚氏的系统性著作一般分为两类,一类是直接论述,即所谓深奥作品,一类是对话,即所谓通俗作品。深奥作品又分三类,即理论的、实践的和工具的。理论著作再分为神学的,自然的和数学的,实践的则分为伦理的、家政的和政治的,工具类作品的核心是关于推理证明方法的,包括《前分析篇》(讨论推论)《后分析篇》(讨论证明),其次是对证明方法的准备性研究,包括《范畴篇》(讨论简单词项)和《解释篇》(讨论命题),以及运用证明方法的《论题篇》和《辩谬篇》(二者共同讨论辩证法)。

工具论是研究亚氏哲学的准备,而工具论里讨论十范畴的《范畴篇》是亚氏逻辑学的起点和基础,亚氏就是从此开始来构建他的整个逻辑学,并把逻辑学运用到整个理论和实践哲学的讨论中去。关于亚氏的十范畴(实体、数量、性质、关系、地点、时间、姿态、活动、状况、遭受)有三种解释,一种认为范畴是对语词的分类,一种认为是对事物或是者的分类,还有一派认为是对概念的分类,十范畴就是十个最高的属。无论是哪一派,都不会否认亚氏十范畴的提出来源于对古希腊语的语法分析,实际上第一第二派的提出就是为了努力证明十范畴不止限于语法学。这十个范畴其实就是十类谓词,在语词里有些本性上只能进行谓述,那些只能做谓词谓述主词的,就是最高的属,就是范畴。而这十类谓词在古希腊文里都可以通过词尾变化显示。没有主谓之分的古汉语根本不解谓词为何物,作为孤立语而无曲折变化的汉语自然也不会分辨出名词、动词、形容词、系词这些词类,继而以句法为核心构建自己的理性语法。这就不难理解为什么古代中国没有一套相似的范畴论,以及以主谓关系联结在一起的两个词项构成的命题,继而构成以推论和证明为核心的亚氏逻辑学。

语言对哲学的影响远不止于逻辑学,亚氏还基于范畴论来建构他的存在论①这个所谓第一哲学②,在他的《形而上学》里他把研究作为存在者的存在者(*to on hei on*)当作哲学的第一要务,而其主要对象就是实体 Ousia,在《范畴篇》里亚氏把范畴一分为二,实体和作为偶性的其余九范畴,相对于第一实体的个体(个体只能作为主词出现),作为范畴的实体是第二实体③,而有别于偶性,它

---

① Ontology 旧译"本体论",又有译成论,是态学。这个字的字根 ὄν 是希腊文 εἶναι *eīnai* "是"的现在分词,所以译成存在论更佳,本体现在多译为实体,有时候又互相混用,我以为应该统一翻译,以免因文生义,引起混乱。原词 οὐσία*ousia* 是个动名词,来自于对 *on* "是"这个分词的名词化。

② 也有注家把范畴看成是亚氏对"是者"的分类,因而归属于他存在论的一部分。

③ 亚氏对第一和第二实体的区分只限于《范畴篇》,在时间上靠后的《形而上学》里为了不使第二实体和形式质料理论里的质料相混,亚氏放弃了这一区分。

在谓述主词的时候不会因为主词的改变而改变,因此它是主词的本质。比方说苏格拉底是人,这里作为个体的苏格拉底是主词和实体,作为谓词的人也是实体,因为它是苏格拉底的本质,不会因为苏格拉底去了雅典或者留了胡子就发生变化。亚氏认为第一哲学应该把注意力放在实体 Ousia 上,而不用太多去管偶性和偶性与实体间的关系,所以《形而上学》里大部分篇幅都在讨论实体,无怪乎存在论在中文世界里被翻译成了本体论(实体论),并一直沿用到现在。亚氏在存在论里建立起来的实体相对于偶性的绝对主导性,成了后世哲学家对传统形而上学批评的重要出发点,所谓主体相对于客体的优越性,主词相对于谓词的优越性,名词相对于动词的优越性①,存在相对于生成的优越性,都可以推源于此。亚氏在形而上学里为了讨论实体 Ousia 而建立起来的形式质料理论,把 Ousia 看成是存在者的基底和根据(Substrat),所以海德格尔批评亚氏先是把存在论的最高问题(*to on hei on*)转换为了何为实体 Ousia 的问题,是把 Sein 这个动词偷换成了 Ousia/Seiendheit 这个动名词,然后又把存在 Sein 领会为了存在者的根据,这个探求根据的冲动(是者)再加上对在场和留驻的迷恋(是着)被海氏看作是传统形而上学的最大弊病,海德格尔长期工作的任务就是要破除这个传统形而上学里求根执驻的机制。所以晚期转向后的海氏文风,因为努力要跳出语言的牢笼,或者用解释学的话说,为了跳出本己境域(Horizont),在各基本境域间自由出入,不得不不断发明新词,给旧词不断添加新义,说话越来越像绕口令,以至于主流哲学家们都以为他发了失心疯。相反转向后的海氏在东亚却遇到了好得多的待遇,日本人以佛法对勘海氏后期理论,中国人和韩国人以为后期海氏和传统道论更接近,的确范畴、实体、偶性这些概念我们听上去隔,可是开敞,无敞,道体,无,自发自生这些海氏语汇

---

① 海德格尔把它概括为 Was 相对于 Wie 的优先性。

却听得耳熟。这里我们暂不对海氏的思想做更深入的讨论,只是想指出希腊语法对哲学发生了多么大的支配作用。①

回观先秦两汉,既没有什么语法书,对汉语的研究也从不以句法为主,相对于希腊罗马的语法书和修辞术,我们研究自己语言的却主要是字书,说得更清楚点,是造字法,字形学。字书的代表《说文解字》就是研究字形的,那也许我们也可以从造字法里找到我们思想的工具库。

谈论造字法规则的是六书,"六书"这一名称,最早见于《周礼》:"保氏掌谏王恶,而养国子以道,乃教之六艺:一曰五礼;二曰六乐;三曰五射;四曰五驭;五曰六书;六曰九数。"《周礼》成于战国末期,所以六书的出现最晚不会晚过战国末,它隶属于六艺之一,礼乐射御书数六艺又分成两阶,书数是基础,是为小学,礼乐射御是进阶,是为大学。这和西方古典及中世纪时期的 liberal arts(自由七艺)有异曲同工之妙。自由七艺亦分阶梯,是自由人的基础教育,其内容调整后至今仍旧构成西方大学里通识教育的理论来源。前三艺为语法、修辞和逻辑,后四艺为算术、几何、音乐和天文学。对照来看,六书的确和语法、修辞学的地位相当。至于六书的内容,首见《汉书·艺文志》:"古者八岁入小学,故周官保氏掌管国子,教之六书,象形、象事、象意、象声、转注、假借,造字之本也。"最后六书在《说文解字》里定型为"象形、指事、形声、会意、假借、转注"。

《说文解字序》里又说:"仓颉之初作书,盖依类象形,故谓之文;其后形声相益,即谓之字。文者,物象之本;字者,言孳乳而寖多也。"所以中国的"语法学"就是文字学,"文"是初创字(象形、指

① 以上讨论中涉及到的一些主要词语,如果我们观其西方语原文,例如德语,Substantiv 名词,Subjekt 主词、主体,Substanz 实体,Substrat 基底,其词源上的关系一目了然,而这是通过汉语翻译怎么也做不到的。

事),"字"是孳乳字(形声、会意、假借、转注),是依类象形之法不敷使用之后开创的新方法。西方拼音文字是对声音的记录,所以不存在造字的问题,也不存在字不够用的问题,所以正如"是"的问题乃西方哲学所独有,"象"和"形"亦为中国经学所独有。在这里"象"并非仅指图像,"形"亦非只限于形体、形质。《易·系辞传》有云:

> 在天成象,在地成形,变化见矣。
> 仰则观象于天,俯则观法于地。
> 仰以观于天文,俯以查于地理。
> 法象莫大于天地。
> 成象之为乾,效法之为坤。

"象""形"多并举,可见"形"又和"理""法"之义相通。至于"象",《易·系辞传》又云:

> 是故,夫象,圣人有以见天下之赜,而拟诸其形容,象其物宜,是故谓之象。
> 是故,阖户谓之坤,辟戶謂之乾;一闔一辟謂之變;往來不窮謂之通;見乃謂之象;形乃謂之器;制而用之,謂之法;利用出入,民咸用之,謂之神。

后一句讲的是易之德用,为变、为通、为象、为器、为法、为神。象(形)为易德之一。

在象(形)的基础上古代圣人进一步发明了八卦,《易·系辞传》:

> 古者庖牺氏之王天下也,仰则观象于天,俯则察法于地,

观鸟兽之文与地之宜,近取诸身,远取诸物,于是始作八卦,以通神明之德,以类万物之情。

所以在《易传》里"象""形"又特指卦象爻形,八卦所代表的易学为经学所独有。

第二指事,《说文解字序》里说:"指事者,视而可识,察而见意,上、下是也。"所以指事是以记号或者象形符加记号的方式造的字,比如"上"、"下"两个字。象形和指事造的字皆为独体字,都可以看成某种符号,金文和甲骨文里绝大多数是象形字和指事字,此为初文。经学应该以文字之初创为其时间起点,甲骨文之前的原始汉字仍旧没被找到几个,甲骨文和金文中仍旧有大量的字尚未被认出,此中或可蕴含经学之新的可能性和转向的路标。

三曰会意,许慎说:"会意者,比类合谊,以见指㧑,武信是也。"《周礼》注曰:今人曰义,古书曰谊。所以"合谊"就是"合义","指㧑"同指挥,指向之谓。会意就是合二字三字之义以指向一个新的意义,许慎举了"止戈为武""人言为信"这两个例子。[①]

从会意开始出现了合体字,把几个字合成一个字,类似于把一整个句子浓缩于一个字上,有了这样一个结构就为之后中国文人玩弄文字游戏打开了空间,作为构件的字可以倒转或者改变相对位置,亦可以把一个字拆开,做加字或减字,用来变化合成字的意义,此为"奇字"之滥觞,实际上汉字的规范化正是遵循这个路径,秦始皇推行的"书同文"含有四项重要的内容,1.固定"形旁"的形体;2.确定"形旁"的位置;3.每字形旁固定,不能彼此代用;4.统一

---

① 虽然现代的字源学研究已经证伪了许慎对这两个字的解释,但此处只涉及造字的原则对中国思想的影响,不对字源学做深究。

每字的书写笔数。这四项内容恰好构成了汉字的"游戏空间"（Spielraum），为之后的文人及书法家提供了一个实践场域，而在这里我们也看到了文字的规范化在别处所不具有的政治性，对文字规范化之争也就成了某种意义上的"城邦与自然"之争，此亦为经学所独有。

四曰形声，"形声者，以事为名，取譬相成，江、河是也。"从形声开始，中国文字从表意字一步跨向了表音表意字。从解释学的角度来说，本己视域得到了极大的拓展，也因为此，汉语的本己视域才能和拼音文字的视域通过视域融合（Horizontverschmelzung）形成一个公共视域。最早的形声字实际上是通过假借字加意符或者表意字加声符的方式来完成的，实际上在大量的形声字里纯粹通过声符加意符的方法来创造的字并不多，而对假借字的改造也可以看出汉字对转变成表音字的拒斥。在这种新造字原则中出现的"形旁"被早期的经学家们看成汉字的"字原"，因此从唐代开始就有了一门字原学。字原学研究的偏旁在许慎那里还有五百四十多个，经过各代文字学家的并减，现在认为大致可以归减到一百五十余个。这一百五十余个"字原"如果类比一下的话，就是我们的实体，构成了我们的本体论（存在论）。字原乃为经学所独有。

五曰假借，"假借者，本无其字，依声托事，令长是也。"

时间上假借字出现在形声字之前，它和转注一样实际上不是造字法而是用字法，它通过创造性的使用假借的方法把同音不同义的字借来用，以避免无限制的去创造新字，而且有些字也无法用表意的方式构造，最典型的是东西南北、二十二干支字和像"焉"这样的虚词以及"其"这样的代词。所以从这个时候开始汉字就不再是纯粹的象形表意文字，但也并没有因此变成像拼音文字那样记录声音的符号。这一转折（Kehre）对汉语思想发生的影响无论如何强调都不过分。

索绪尔把传统用来描述语言的文字（符号）—概念—实在对象的三角代表关系模式转变成了能指—所指—所指物的符号理论，并且划去了能指和所指物之间的直接代表关系箭头，德里达更进一步，把超验的所指也划掉了，他指出这个用能指—所指代表关系描述的语言包含了西方一贯的语音中心主义，在这个语音中心主义下，文字只是用来记录声音的，声音因为它的在场性，因此更靠近意义（超验的所指），更靠近逻各斯，语音中心主义因此是逻各斯中心主义和在场的存在论的源头，为了破除这个语音中心主义，德里达建立了一套自己的文字学（Grammatology），超验的所指在其中被废除掉了，能指不再单纯的代表所指，能指所指成了一个硬币的两面，所指可以通过所谓的"延异"（différance）转化成能指，文字则成了能指在无穷的互相指涉过程中留下的"踪迹"，语言就是那个能指所指无穷指涉链条所构成的根状的网。

对于经学家来说，无需费劲地发明"踪迹"这个概念来抬升文字相对于声音的地位，也无需搞个"文字学"来消解逻各斯中心主义，"延异"的游戏所笨拙描述的恰恰是训诂学的实践中再熟悉不过的，不同的是训诂学并不同意在文本内部"延异"的游戏可以无穷地玩下去，在这个游戏里意义被不断地延迟，被"踪迹"捕捉住的意义总是通过继续的指涉而避免出现一个超验的最终的所指。训诂学不会导出这样的解构方法，训诂学的立场更接近于哲学解释学（philosophische Hermeneutik）。在汉语里声音也并非一定是在场者，因此它可以像文字一样"失踪"，清代的经学家们为了从古音求古义，而发展出了一套音韵学，用来寻找这些"失踪"的古音，通过上古音韵的研究成果来确定古籍中假借字和被借字的声韵关系，以读通过去难以读通的古籍。音韵学的成果就此为经学所独有。

六曰转注，关于什么是转注，歧说很多，有主形派，主义派，还有以章炳麟为代表从字音方面去解释转注的,但总而言之,无论是从形、音还是义去解释转注,转注都和假借一样是用字法,不是造字法,这里就暂不做深论了。

文字学奠基是第一步,我们在这里看到语言差异所带来的后果,但无论是经学还是哲学都有追求普适性原则的冲动,所以我们这里看到,光从文字学或语法学出发都还不足以为经学或者哲学奠基。接下来经学就应该上升一步至训诂学。而在哲学,则有伽达默尔发展出的哲学解释学,在《真理与方法》的最后一章里伽达默尔把哲学解释学提升到了存在论的高度,他下断言说:"能够被理解的存在是语言"(GW 1,478),这样不仅是艺术和历史,自然也同样能够和必须被理解,自然的存在同样需要在语言中被开启,"自然之书"这样的话所以不是随便说说的。虽然伽达默尔和海德格尔相同,认为存在论应该在对存在的理解上展开,但《存在与时间》里此在(Dasein)或者说理解者在存在论上的优先性在伽氏那里消失了,替之而起的是存在者在其可理解性(Verständlichkeit)中被经验到的那个存在,在存在论问题上伽氏实际要比海氏激进得多,他不是通过可理解性来讨论存在,而是直接把可理解性放到了和存在同等的位置。这和我们的常识是冲突的,我们通常会认为,一样东西是不是被理解,和它是不是在那儿无关,理解总是是被某人理解,而那样东西无论被理解与否同时还是在那儿。伽氏论证自己解释学存在论的方法是突出语言的思辨性,伽氏打比方说语言就像是镜子,就像我们只能从镜子里才能看到自己的形象一样,存在者也只能在语言中通透①(zugänglich),只有在语言中

---

① Zugänglich 本意是可进入的,可理解,可打交道的,这里和汉语里面说的"隔"这层意思正好相对,所以我试着译为"通透",也可以体现出门打开,看到里面东西的字面意思。

的通透才能让存在者找到自己可规定的现实性。所以虽然语言和事物不同，但事物只有在"朝向语言而来（被语言说出）"（Zur-Sprache-kommen）中才能是其所是，语言不止是事物的命名，也不止是事物之通透，而是事物之存在显明通透了，通透（Zugänglichkeit）就是存在，只有通透了的存在才是可把握的，存在总是要从隔走向通透，只有通透了的存在才具有现实性。某样事物"朝向语言"，也就是说被语言说出，不是意味着它被字词随意提及，而是意味着它在字词中接受了它的规定性，只有当它被说出，它才是现实的，它才是它所是。

于是世界在伽氏的意义上就和那个持续不断的被语言说出的总体没什么不同了。存在作为语言，就是可理解性的不断发生，其中一切可理解之物，是它所是。

如果说历史、艺术、宗教、哲学都需要在理解中被开启（Erschließung），那理解本身就不仅是某种科学的对象和方法，它更是文化以及人类生活的基本特征。如果一切存在者都只有在语言中才能通透，而在语言中通透的也必然是被理解的，那么解释学的反思就必须把这一人类生活的基本特征考虑进去，如此哲学解释学才能获得伽氏试图其获得的普适性（Universalitätsanspruch）。不过理解本身的多样性伽氏并没有在《真理与方法》中展开，我们很容易注意到日常生活环境里事物在言辞中被领悟和科学中对事物的描述、艺术活动中对事物的重构以及哲学思辨中对事物的把握各自不同，还有紧随在理解之后的解释（Interpretieren），一样事物越难理解，就越需要我们集中注意力去听、去看、去想、去把它拆开来分析，就越需要解释，伽氏在《真理与方法》中也并没有腾出多少精力来讨论解释，它更多讨论的是从黑格尔那里继承来的经验（Erfahrung）概念—解释学经验。解释学经验之所以可能，在伽氏看来在于没有任何事物是在言辞中直接显露的，我们说我们理解了一件说出或者写出的事情，不是去重复原话，而是能够自己使用别的字词重新说出。伽氏把解释学经验和柏拉图的美的观念相类比，而事物的美在这里又类似于光，光不能自身显现，它必须投射到某样物体上，在投射的过程中，不仅被投射的物体从黑暗中显现出来，光自身也由此显露出来。这就是所谓的柏拉图主义的光之形而上学(Lichtmetaphysik)。而解释学的反思、对理解和解释的追问因此也就是对事物如何得以通透(zugänglich)的追问。

经学训诂学恰是对理解和解释的追问，如果按照 Hans Blumenberg 的话来说，对世界的追问就是对世界可读性(Lesbarkeit der Welt)的追问，那训诂学会如何阅读世界这个文本？基于汉语发展起来的解读经验如何让我们把握理解本身的多样性？汉语中的解释学经验把我们引向何种"形而上学"？再进一步，存在论的问题是否能在经学训诂学中获得立足之地？经学还有一些特有的问题，比如悟是一种什么样的理解？禅悟作为一种解释学的经验是可理解的吗？对宗教比如说道教的某些神秘体验如何做现象学的描述，在何种意义上才能说就此通透了(zugänglich)？当说它是"隔"，无法经验，无法理解的时候我们又是在说出一种什么样的经验，禅宗的机锋和公案是何种意义上的解释，它和对普通文本的通常意义上的解读一起能否以解释的多样性被把握，"仁"和王阳明的"良知"是显而易见的(Evidenz)吗？如果因为它们是要通过功夫才能获得，下了功夫才能通透，那它们还是不是解释学意义上的真？最后最关键的，在哲学解释学上或者经学训诂学上语言的差异是否已经被超越了，因此二者都可以有普适性的要求，这些都要另文再作详加讨论，训诂学因此是文字学之后对经学奠基的深化和延续。

2016 年 5 月 7 日于柏林

新诗中的安徽因素

杨 过

> 倾向于宏伟的母亲
> 抱着白虎走过海洋
>
> 陆地上有堂屋五间
> 一只病床卧于故乡

海子的这首《抱着白虎走过海洋》写于 1986 年,正是他从"人类之母"写作(生命与黑夜主题)向"人类之父"写作(创造与太阳主题)转变之际。"海洋"的意象在中国古典诗歌传统中基本是作为量词和形容词的形式出现的,只有到了近代,海洋才以名词的形态出现,"星星世界遍诸天,不计三千与大千。倘亦乘槎中有客,回头望我地球圆",黄遵宪(清,梅州客家人)这首《出海杂记》写在他去新大陆的船上,诗中呈现的是现代的"世界观",而非中国传统的"天下观"。海洋对于海子是"人类之母"向"人类之父"的过渡,对于新诗的启蒙者黄遵宪是从"天下"向"世界"的过度,而对于新诗的创立者胡适则是从旧诗向新诗的过渡。也正是在去美国的船上,新诗的构想在大海中孕育而成。

海子和胡适都出生在安徽,安徽是个内陆省份,形似一只胆,清康熙年间从江南省划分而出。淮河和长江将安徽一分为三,形成淮河文化,皖江文化和徽州文化。淮河地区因地处黄淮平原,自古为兵家必争之地,加上自然灾害严重,形成以老庄为代表的退隐人生哲学,侧重于对人与自然的终极思考(类如曹操的《观沧海》)。皖江地区多水,文化侧重以文载道,以文济世,如以姚鼐为代表的桐城派作品。而徽州地区多山便于静思整理,文化则以学术见长,如以朱熹为代表的理学和以戴震为代表的朴学。

回顾新诗的建立和发展的历史,我们会发现安徽因素在其中的基础作用。早在20世纪初,梁启超就打开国门论诗,黄遵宪早已提出了"诗界革命",并对革新诗体形式提出具体意见,但并未促成新诗的诞生,直到胡适提出了"诗国革命"。

胡适的老家是安徽徽州,被称为程朱阙里,也是以江永和戴震为代表的徽派朴学的发源地。徽派朴学求实考证的质朴学风渗透并融入百年之后的思想及学术领域,徽派朴学家向以"求是"为宗旨,不迷信权威和文典,戴震在少年时代就质疑同乡前辈朱熹的观点,在研究中侧重于文献的考据与语言文字的音韵训诂。根据事实考核和例证,做出一定的结论。梁启超认为考据学派的成功由于有科学方法,在《清代学术概论》总结说:"凡欲一种学术之发达,其第一要件在先有精良之研究法。清代考证学,顾、阎、胡、惠、戴诸师,实辟出一条新途径,——愈析而愈密,愈浚而愈深,盖此学派在当时饶有开拓之余地……且能拔异于诸派而独光大也。"

作为朴学的传人,实用主义哲学家杜威的学生,胡适摈弃了中国传统诗人和哲学家的浪漫和玄想,认为只有科学的方法才能促进人类的发展。过去的原则有待重新改造,以便应用于当下。"我曾彻底想过,一部中国文学史只是一部文字形式(工具)新陈代谢的历史,只是'活文学'随时起来替代了'死文学'的历史。文学的生命全靠能用一个时代的活的工具,来表现一个时代的情感与思想。工具僵化了,必须另换新的,活的,这就是文学革命"。"历史上的'文学革命'全是文学工具的革命。"

他认为创造新文学的进行次序，约有三步：（一）工具；（二）方法；（三）创造。前两步是预备，第三步才是实行创造新文学。新诗的变革首先是语言文字和文体的解放，新诗的语言是白话的，新诗的文体是自由的，是不拘格律的，形式和语言不可分割。形式的束缚使得精神和内容不能自由发展，因为这一层诗体的解放，所以"丰富的材料，精深的观察，高深的理想，复杂的情感才能跑到诗里去"。

现代白话诗的合法性一开始就遭到质疑，尽管白话诗自古有之，如国风、乐府中的部分诗歌，然而一直都有形式、体例、押韵等要求，胡适则要求现代白话诗须要"诗体大解放，自然的音节"。为了论证其合法性，1919 年 10 月 10 日，他在《星期评论·纪念号》上，发表了《论新诗》，第一次使用了"新诗"的名称，并以"进化观"论证中国诗歌诗体的演变。"新诗"作为"诗体大解放"的文学形态，进入新的文学史的叙述。"新诗"的命名，摆脱了文言白话之争，新的形式、内容、思想使得新诗被赋予更加宽广深远的向度。

胡适一向主张"多研究些问题，少谈些主义"，提出诸如中国诗歌"只有抒情诗，绝少叙事诗，长篇诗更不曾有过"等具体的问题，在更广泛的文学层次上提出语言的经济性，语言的借用，结构布局借鉴西方的戏剧性，内容方面要描写"今日的贫民社会，如工厂之男女工人，人力车夫，内地农家，各处大负贩及小店铺，一切痛苦情形"，要求文学作品描写"今日新旧文明相接触，一切家庭惨变，婚姻痛苦，女子之位置，教育之不适宜……种种问题"等也是适用于新诗。胡适提倡"活文学""真文学"，"什么时代的人，说什么时代的话"，而且非常明确的提出"我们的工具就是白话"，同时他也非常清醒地意识到"我以为现在的中国，还没有做到实行预备创造新文学的地步，尽可不必空谈创造的方法和创造的手段。我们现在且先去努力做那第一第二两步预备的工夫罢！"

"言文一致"是从朴学求实切理诚实的治学实践和态度发展而来,对于新诗,首先是将白话文作为工具,使得死文学变成活文学,同时将诗歌的表达内容拓展到生活与生存的各个方面和问题,而非一味高蹈。另外他也强调诗的本位"做新诗的方法根本上就是做一切诗的方法",而且我们也要以辩证和发展的态度来认识,如果说技巧作为语言能力是诗人基本的要求,那么胡适提倡的"言文一致"便是诗人的更高要求。这个要求是胡适基于新诗是新文化运动对古典传统的反叛的前锋和现代科学明晰的特性而倡导的,对新诗初期的发展不乏有矫枉过正和策略运用的成分,也造成新诗早期过于平淡的缺点。然而时过境迁,回归诗歌本位,"言文一致"——"国语的文学,文学的国语"强调的时代性,以及民族普遍情感的表达依然是新诗的根本。同时,任何理论都要适应艺术本身发展的规律,"国语的文学,文学的国语"也揭示了其发展的轨迹,其中的辩证关系是否定之否定的过程。新诗发展中颇具争议的"晦涩"是其中发展与更新的环节,而非"言文一致"的对立面,其中的微妙和高远需要我们新诗作者用作品实践和阐释。

在新诗发展的七十年后,另一个安徽诗人则以他的作品回应了胡适对新诗的要求和提问。海子出生在安庆怀宁,安庆是皖江文化的重镇,境内水系发达,长江和皖河流经于此,在海子"人类之母"写作阶段,就是以河流、村庄和麦地为主要意象昭示生命与黑夜主题,他的名篇《面朝大海,春暖花开》可以说是胡适所提倡"言文一致"的典范;而他的名句"以梦为马"也演示了从"晦涩"到被大众接受并应用的过程,他的抒情诗在音乐性方面也最好地回应了胡适的要求;而在他的"人类之父"写作阶段,则用叙事诗、长诗、诗剧等回答了胡适"只有抒情诗,没有叙事诗、长诗"等问题。

怀宁位于安徽西南,丘陵地带,以农业为主,渔业为辅,间种水稻和小麦,海子的典型意象"麦地"并非像众多批评家所说的是北方意象,而是他老家当地普遍的景象。我们可以从他的《五月的麦地》看出:"在五月的麦地,梦想众兄弟/看到家乡的卵石滚满河滩。"这里的麦地是靠近河边,而非像北方一望无际的平原,而海子的村庄更是如此:"村庄是一只白色的船"。

怀宁是徽剧的发源地,清末徽班进京,演变成京剧,成为国剧,而世俗化黄梅戏更是家喻户晓,几乎每个人都会哼唱。海子的谣曲风格淳朴天成。怀宁的方言属于赣语,在词源上,赣语与北方官话之间的互通词汇仅为46.9%,甚至比日语同源词汇47.5%还要少,以至于有一种观点认为赣语就是一种语言。赣语历史悠久,保留了许多远古的印记,如日头(太阳)、霍闪(闪电)、屋里(家)等。海子的诗歌语言熟悉又陌生,词语没有任何修饰和解释,直取本源。赣语有4—7个声调,共有19个声母,韵母分为"开韵尾"、"闭韵尾"、"促韵尾"三类,共67个,是韵母最多的方言。海子有很多自然押赣语韵的诗,如"水将合拢/爱我的妻子/小雨后失踪/水将合拢"、"明月如镜高悬草原映照千年岁月/我的琴声呜咽泪水全无/只身打马过草原"等。赣语拥有极其丰富的动词,其表意深刻且鲜明;赣语中动词的使用或而一针见血,或而婉转含蓄,无论何种方式都能够非常生动地表达出说话者的意思。虽然由于海子所受的是现代教育,并未受到赣语方言的直接影响,但也可以从他诗歌中丰富的情感表达,用词准确简练,用意古朴看出赣语深深的烙印。

海子在诗中也是大量运用民间俗语:"我的生日/这是位美丽的/折磨人的女俘房/坐在故乡的打麦场上//在月光下/使村子里的二流子/如痴如醉"。在描写家乡风物人情时也是得心应手:"大姊拉过两个小堂弟/站在我面前/像两截黑炭",乡下孩子贫穷而又生命力旺盛的形象跃然纸上,把人比喻成黑炭是安庆人普遍的说法。在一首《北方的树林》里:"山上只有槐树、杨树和松树",实际上这三种树在皖江地区更常见。每年春天,桃树开满了家乡的山坡,在最后的日子里,他连写了六首桃花诗。

海子自称诗歌之王("秋天深了,王在写诗"),这不是冠冕,而是行动,正如他所引用庄子的《天道》:"静而圣,动而王"。对于海子来说,诗歌显示的是"人类主体在某一瞬间突入自身的宏伟——是主体人类在原始力量中的一次性诗歌行动"。他反对现代诗歌对意象的关注,诗人应该关注和审视语言本身,与胡适"活的文学"一脉相承。他的抒情诗有着民谣和哀曲的特性,"诗人必须有力量把自己从自我中救出来,从散文中救出来,因为人民的生存和天、地是歌唱的源泉,是唯一的真诗",正是这样的努力,让他的诗歌从地方性上升到人类的普遍性。

皖江文化像徽州文化一样具有移民特性,兼具开放性和兼容性,楚文化的影响更是其中重要的部分。海子曾说"诗经和楚辞像两条大河哺育了我",在海子的"人类之父"的写作阶段,他发展了自屈原以来的忧患意识到现代的悲剧精神,主要作品以长诗《太阳·七部书》为主,以创造和太阳为主题,对应于他"人类之母"写作阶段的生命和黑夜的主题,但悲剧精神一直贯穿其中。他说"我的诗歌理想是在中国成就一种伟大的集体的诗。我不想成为一名抒情诗人,或一位戏剧诗人,甚至不想成为一名史诗诗人,我只想融合中国的行动,成就一种民族和人类的结合,诗和真理合一的大诗。"正如尼采所说"悲剧产生于行动",从《土地》中强烈的忧患意思,到《大草原》中的修远,对语言、生命、世界和真理的漫游和探索,最后"走到了人类的尽头"(《太阳·诗剧》)。海子的诗歌理想可说是受到淮河文化中的老子庄子的启发,老子是他最后绝唱《太阳·弥赛亚》中九位盲人合唱团成员之一,而在他早期诗歌《思念前生》中更称"也许庄子是我"。老子对人与自然的终极思考和庄子的"齐物我,齐生死"的思想直接影响了他"伟大的诗歌"的理想。

他理想中的"伟大的诗歌"是人类之心和人类之手的最高成就,是人类的集体回忆和造型,他们超于母体和父体之上,甚至超出审美与创造之上,是人、宇宙、时间、诗歌相互作用的最高形式:

形式 A——没有形式——真理——真理是形式和众神自己的某种觉悟的诗歌。

形式 B——纯粹形式——只有化身为人才能经历,是时间和节奏,是通过轮回进入元素。

形式 C——巨大形式——我们的宇宙和我们自己的边界,也是球的表面。

形式 D——人类—人类来自球的内部,也去往球的内部。

真理是从形式 D 逃往其他形式的,而诗歌不是真理说话时的诗歌,诗歌必须在诗歌内部说话,诗歌不是故乡,也不是艺术,诗歌是某种陌生的力量,带着我们从石头飞向天空,进入球的内部。

在这个形式的构建中,传承了老子和庄子穷极八荒的想象力和对世界的终极思考,而其中的核心"球"指向语言和存在,语言是存在的故乡,但诗歌不是故乡,是某种陌生的力量,正如他所说"抱着白虎走过海洋",他的诗歌理想看来宏伟、神秘和空旷,需要后来者无论是理论还是作品的建设和充实。

海子前瞻性地提出:"人类经历了个人巨匠的创造之手之后,是否又会在 20 世纪以后重回集体创造?!"这种集体创造不是毛泽东时代的集体劳动,也不是现代科学的分工协作,而是人类早期那种构筑通天塔的悲剧性努力:"万人从我的刀口走过/去建设祖国的语言"(《祖国或者以梦为马》),结合胡适"言文一致"的观点,更是意味深长。他们在上世纪初和上世纪末在中国新诗建立和发展中展现出惊人的胆识、胆略和胆魄,他们的诗歌和理想已经成为新诗高远深邃的精神背景:

我愿你不再流向海洋

你应回首倒流

流回那最高的山峰

充满悲痛和平静

——海子《大草原》

范雪　诗四首

紫禁城
——我们正努力地争取着的肤浅

你略带嘲讽地描述了我们的紫禁城之游。
在这微雨的夏日清晨，别人
仿佛于忙碌中，都抵达了可能的成功时，
我们嘻嘻哈哈把皇上给逛了一下，
把话一句推一句地
流淌不尽，流像没用的金水河。

消防车在城墙外刺耳地让早上的景观
有了一次振奋，紧接下来老狗一样
疲软的恢复，他们说才是生活。
有人在护城河边劈叉，
有人带着孩子看手机，
它再一次证明，热烈几乎只隶属抽象。

可你们存在着。

肉滚滚的身体，还有服装。
那些价格朴实的来自成衣制造业的装饰，
加剧了你们民主主义的性感，这
在骨灰般的紫禁城广场里，摇晕了
好几个大殿，铅色天空和远处北海的白塔。

穿行遗迹中，目的是行一次乐。
你坐近我身，讽刺后，
躺上青砖地；她使用了自拍杆后，
蜂浆的脸也挨近了你。
缓慢上升的甜蜜，忽然脱缰，
跟命一样可靠。

远处，宫门正向拥踏而来的群众敞开，
我们清晰感受着，
浮在水缸里的莲花，是这世界的一层粉色脂肪。

2015 年

北京的问好

正是隔别两年归国的闲散时光，
细微景观一下就把心抓住，
让我在空洞地撩拨头发时感觉到爱。
这是经不起推敲的感情，
平行于纽约东区街头观赏得体，
万国美味和美色，纵身愉悦，

与我又有何真实干系？

和四部手机趴上朝阳区的沙发，

我忽略绿荫映进地毯的舒服。

一种资产者的舒服，一个空中楼阁，

荡漾在土地被设计出的所有权，

开发权，使用权和产权上。

它们行走之处，是当代的神的所在。

但父叔辈表达了

现在不就是各家历史上最好的时候？

剩余和快捷在转瞬的每日

风云际会。

手机结合这愉快，

模样高贵，让人给跪下了。

这刻，我谈论着比特世界的意气风发，

寂寞柔肤总不断贴向冷漠机器，仿佛失禁。

统治丧失，我很焦躁。

像一个在广场分析自我的人那样，

我蓄意出门吸收所有风光和情意，

匮乏得怎么也不能于所在获得圆满，

昏沉地从城东晃到城中，

重大和琐碎都漫出屏幕，

左右我们的状态。

我的咖啡需要动用一个团购的设计，

午餐需要它的唯一对手的相同设计，

把广告穿在身上的人淌汗送来冰激凌，

对面的人向我畅想，几种欲望

被网络一理，压榨得就再细些。

我认识到这次重逢需将一切 reloading，

reload 进手机的 app 也 reload 着弹药。

我的隐忧是我的成见。

我的成见让我浑身敌意。

我学到太多，立场太死。

操种和族的心，看市民的精神力比

90 年代经济特区的城中村里

性病治疗方案贴满水泥空间更糜狂。

这伟大城市将拥有最蓝的天，

以悉心照顾一些被损害的人晃动细弱四肢

享用另一些被损害者的精壮的伺候。

他们在挣体力。

一个无边的市场，

掐住来来往往把大脑袋探进去的脖颈，

这些脑袋被抽象成经济真理，

顺手兑换出朴素的方便的感觉。

而方便已光临过我了，比如开房，

它留下恶心的缺乏海誓山盟的后遗症，

秃秃羡慕球形人与天神干仗。

但其实，人们是高度统一的。

我想再用一杯咖啡，把自己补救一下，

却坍塌在星巴克的快递前。

无关的楼下。

无所谓的封闭的自由。

无欲无求的欲望朝夕遍地民主。

通过线条比一般男性路人还性感的米 4，

她叫来一辆计程车把我救走，

司机专注一路和软件对话盲抢订单，

她处理棘手的微信转账。

在北四环上，我看到这里仍有玫瑰色的盛夏，
爱的空洞，筋疲力尽。

2015 年

妻子

妻子把酒杯举得似是蜜糖倾泻。
温凉手臂上蒸起的香水味
在我身边这样那样地撩拨头发。
抿唇，托腮，抚摸色如深渊的翡翠
耳环，都是她守株待兔的快乐。
欢笑中热风的海浪，一卷，卷一漫。
咸腥是有腐蚀性的，闯荡进
这空间，塑造了兴致昂扬的感性体系。
巨大植株的芭蕉林，在漫山遍野的摇曳，
足有视力所及那么多，
足有一万种样子解释着自然，
煽乎人们胸口的妖邪，要人间之滋味。
太奇妙的偶然性。
偶然地，纯粹是开上了一段高速公路，
一些仪式规定我们互相花掉最多的时光；
某类尚未知可否被取代的策略，
指着我在这条公路上速度与激情。
可太偶然了。妻子一切教养的痕迹，
行云流水又令人愉悦，
让我偶尔误会成陈词滥调的相爱，

却也愿意猛然惊醒：多么无端狂妄，

将自我设计成课桌前的学生，

做算术去分配所有。

她的人运行在群众里，大家都有

不同的享用，她与她带来的少女

以女人隐秘且崇高的信任，把

福气和孕气落实发生，似是春耕运动。

她说起在各种秘密的社会关系里

怎样做完整的人，送上巨型

铁板大盘鸡拉条子的小伙儿，

一双炯目豹眼，对视上她，少说有八九秒。

窗外正好有雨后的红绿街灯，

为他们的此刻，染满了浪漫。

风动一山的芭蕉林，

天是水蓝，大地在仲夏失魂，

这一点，不会是偶然。

2015 年

太行山之恋

　　——仿《天城越之》

一屋昏阳，冬日的柿树下

扔在黄土院口的镰刀拦在摩托车前

那么着急啊，被褥还卷着谷草

枯树枯得心烦

你去死吧，也可以吧

乱糟的头发,脱在堂屋的裤子

那是我元旦在镇上新买

又缝紧了扣子,修过裤脚

太行山十八盘山道,九十九条狭路

一条向下的白凤河,一道上锈的铁路

火车飞过,河冰炸裂

月下不怕结霜冻雪的呼哧

火炕上隔着我向妹妹伸去的粗手

从这,就从这,走两步就是悬崖

我晾好的面,碾好的米

买来了宝丰

亲爱的,你从城里带回了什么

赌一口气

我们粗暴开始的成亲

也曾越来越浓烧成荒山天边的烈霞

那时的浓郁,已成了淤青

要你死吧,不合理么,你说呢

千仞壁立,太行山九十九道都是狭路啊

2015 年

李天意 诗四首

哈尔滨

他们要把火车，开进大森林。
他们的车厢里，载着大雪人。

先于我诞生的，就是古老的城市。所以
我肺里的分子，原来都是它的。不仅如此
属于它的还有：泪水里的盐分，梦里的小人
句子里的虚词。这些东西，驱也驱不走
默默地凝了。你说，
雪是什么形状的呢？

我们这儿，孩子都是先锋艺术家。
白白的、方方的雪，都轧成人形了
它们有整齐的边缘和翻滚的云纹
向天空致敬。冬天，天空是没有云的
地上的呵气升起来，把月亮和星星都填平了

也要躺个人形，或者印一串车辙。雷雨天，在背面
白胡子老仙人抄起拐杖，忽拉忽拉地划

后来，他们把她们的名字踩进雪里了
（索菲亚是一座教堂，坐在一个喧嚷的街口）
他们在雪地拥吻。她织围巾。
夏天广场上鸽子环着教堂的圆颈。然后音乐
黑手套，白雪人。红脸庞。
她们中的好多人，不肯嫁到异乡

我想象着，腊月在江面凿冰洞的人们
都披着兽皮、手执鱼叉——这样冰就原始了；
猎得的鱼群都青面獠牙、须发直竖。
我在原始的冰块里翻找一个上古的词语
吞下去了。我戴上眼镜，写了一秒钟的历史。

那个时候，渔人是常住民。常住鱼
也有骄傲的名字：大马哈
大马哈和渔人世世代代地相遇，独立地繁衍
自豪地繁衍，大声的繁衍。后来獠牙
都拔去了。新一代开始喝一桶一桶的啤酒
大马哈的肉是肉色的，是那种
比我们所有都接近祖先的暗示，和微笑。

我在松花江上剥一只鲜绿的橘子，像一个君主
浪头是平的。每天夜里，它把岛摸上一遍
便来报告我：哪位老人，在太阳下留了一个故事。
姥姥八十九岁，她的头发像棉絮

她生养了四位大声说话的女儿，夏天一起看江水

杨树毛毛把姥姥逗笑了。她嚷着出门
（如果用雪来纪年，我们的头发还油黑着）
姥爷说雪，比小时候的细了。真的
含着一片儿雪亲她，凉了半个时辰。
杨树毛毛像虫子在爬
杨树毛毛跟着拐杖静静地爬上长椅了

我在江上把梅花涂成榆钱儿，丁香就开了
味觉发达的美丽的城民。她们
把你逼到角落。讲雪豹的故事听
篝火、深林；每个故事都覆着皮毛
拖着松鼠尾。她说晚上
爸爸烧一条肥肥的大马哈，你只许吃鱼头

可是后来她不再见我。没有坐摩天轮。而且
立秋就盼回乡雪。每年我和燕子在途中照面
会问起它的新巢；我知道生命将诞生
衔一个渔人用鱼骨摆成的名字。以及
空气中飘满温暖的乳名。
我有肉色的躯体，她是渔人的女儿

后来渔网旧了，铺在街上
被岁月深刻地踩进去。那里
人们用所有容器喝酒，孩子把水枪扎进桶里。
我喜欢罩着阁子的路灯，它把石砖一直铺到江心
那时候东方少有电车和电话亭

那时候四个女儿的姥姥静静地出生

那时候人们伸着舌头亲吻,卷着舌头交谈
吐着舌头相恋。
那时候舌尖精巧敏捷,像剖开的草莓
男人进山游猎,买来高跟鞋;
啤酒和圆面包,互相发酵。
那时候高鼻子、矮鼻子和孩子聚在酒馆,听一支手风琴

后来男孩子都光着脚,
去江水里拣抛出的高跟鞋。女孩子发脾气
女孩子咬他们的颈椎。她们把云均匀地涂在天上
颜色均匀地坠下来。晚上,渔火连着星星了
声音被江水打湿,吹进舌尖了
他们经过温暖的橱窗

一定要在胡同里恋爱。
带她吃五角钱一枚的粘豆包:一个是黄黄的谷子,
一个是红红的豆子。在滨江桥
谷子和豆子结一对锁头,还有影子在江里走。
桥有铁的墩,铁的梁和铁的肌腱
它把爱情都吸过去了

它把爱情吐在二楼的晾衣线上。我看见它
看见提一只鲜绿色食品袋的,新一代的女儿。她
来自糕饼铺。那儿
爸爸和客人边吃边生意。
她把我的目光迎了又放了

她的双手白白的，一定垒过小圆面包
我猜她养一只桃酥色的小狗。
在板房，秋天被关了禁闭

姥姥要吃粘豆包。这种青春
是司空见惯了的了。冬天，雪一下，年龄都抹平
冰是彩色的，爱情却纯白。所以
奶糖，可以一直香到没牙的八十九岁
糕饼女儿的白手一定被一个白脸少年捂热了。她
紧贴他的颈椎，喂勺子里的汤食
他们走到街心，变成了熙熙攘攘的人群

当四个女儿依次出生的时候，人们在忘情地交谈
所有洪亮的感情和洪亮的生命，破冰而出、
赤着双臂，奔跑着拥抱这个张望的世界。
我们必须更炽热，才能敌过北风的凉
我们必须强调自己的身份，以便开怀地笑

姥姥、女儿、新一代的女儿，她们不算浪漫
她们循规蹈矩地变老，大声地变老
只是祖先把雪浸到血里了；在雄性，又弥散开
于是肉粉色的健康的肌群。我相信，每一对生物相互进化
都有一座城市舒缓地撰写。她来自大森林，
怀抱大雪人，
永远有一群眼珠明亮、大声的孩子。

2013 年 9 月 27—30 日

相传

疯狂地相拥
用我滚烫的子孙

我触摸血液,像触摸花朵
你喘息如空谷里的风,是这风
授孕了许多土地。而现在我们辛勤地耕种
致敬勇敢荒谬的祖先。那条河,流啊流
流啊流,枪贝刺破脚掌,流啊流

前进。这是程序的阶级,也是程序本身
毛发,珍藏的液体,黑色动作;
古老的酒坛被子弹击穿,破除流淌遍地的迷信
那条河,在人们口中吞咽和抽噎,不停地呼唤
不停地倾诉

你说我凶猛和孤独的骑士,隐忍于斑驳的油彩
我视力苍白、不肯声音、需要
花香和雌蕊的房颤,以获得挺拔的勇气
你说无法取悦而且无法消弭,这使我深刻不已

流啊流,流到生命高原:

死亡以前,人类都是试验田
死亡以后,新的绿色又重温

2014 年 8 月 14 日

青海湖

1

羊年要转海。

2

在悠扬的藏铃声中,马儿
把高原咬破了
它跑到水边
把草汁涂进湖里

3

羊群像一颗颗灰白珠子
慵懒地趴在绿色山坳
仿佛清早的潮退去了
留下这些湖底奇珍

4

水鸟在浅滩衔起一块吉祥石子
飞过了加比大叔的头顶
他对我说起十二岁的小儿子
戴着墨镜在马背上匍匐

5

穿着藏红袍的年轻僧侣
沿青色公路走进了群山

他把湖水装入眼睛
带到一个不知名的地方

6

在某些平坦的绿山坡上
黑牦牛和白绵羊静静地滚动
我扶稳长镜头
祭出一杆精彩的连击

7

村口的年轻人比我小一岁
叫扎西。谈起价格的时候
他摸着头笑了
露出几颗漂亮的牙齿

8

年轻妇人从车窗内探身
拦住了马背上的红头巾藏女
她收下骑马的佣金后
问起了越野汽车的价钱

9

货郎用牛角杯换来一小盒发蜡
尝试着把它涂到鼻翼
他相信所有瓶瓶罐罐里的胶体
都能洗掉一些不现代的黑色

10

银卷发的赤脚僧袒着右臂
沿灼热的公路跪地叩拜
他每天行走三十里
油菜花在身后均匀地开了

11

晚上,营帐外没有灯火
隐隐的星座在湖面高悬
像是紧闭双眼时
凹凸不平的角膜

12

阿妈把一小把粗砂糖
撒进半满的碗里
她和加比大叔的故事
就像这浓稠的奶子

13

我梦见厚厚的云层落在湖面
变成了纯白的气垫船
岸边的牦牛慢慢抬起头
又慢慢低了下去

14

虔信的男女双手合十
簇拥着金色轮廓的僧人

他口中急惶而绵长的咒歌
把太阳从湖面一点点高升

15

绿棉衣的藏族小男孩
大眼睛怯怯地望着镜头
他悄悄把小手放下来
拉了拉身旁粉红的姐姐

16

这里的孩子拥有黑色脸膛
像南山一样巍峨
我想把他们带到城市
嘲笑矮矮的房子

17

加比说,扎西是他的女婿
将来要成为一名医师
他学习非常努力
还要照顾刚满月的儿子

18

我把手表戴上阿妈的腕子
她的头巾掉到了腰间
她高高地挥着手
直到淹没在蓝色海里

19

她的糌粑和酸奶
留下了我的味蕾
她嫁给了青海湖畔
最英武的男子

20

加比大叔的马昂起头
吼散了所有的云
在太阳上升到天空一半的时候
我走下它的高原

2015 年 6 月 25—27 日

VOICE Ⅱ
Since 19XX

"世界上充满了高雅的艺术
庸俗的艺术,和我们。
世界上充满了小狗——它咬
到你的手指怎么办。
妈妈从小告诫我远离小狗,
后来我知道她结过另一次婚

"我小的时候在外婆家长大,她
深深地影响了我的食物种类。

现在我每天早饭是一杯水
我想我的身高决定了我可
以接受的自我重量

"——是物理重量。我是一个内心
并不苍白的人。你妈妈人真好,

"上一次我去见她,听她说话很有教养;
这画风符合我的审美
淡蓝色幕布。
上一次我去动物园,那真是难忘的经历。

"亲爱的孩子,我不喜欢你接触小狗,小
猫,并且希望你有一天成为一个伟大的人。
二十年后你去观看一动不动的爬行动物
它们背上的花纹,连这个时代的科学家也

"无法临摹。他们比我们在地球上活得长

"我有时害怕,有陌生人在地铁上对我耳
语。可是我
一定要穿这条袜子。我就是要

"在这个艺术的时代,孩子,我看不懂的太
多了
在这个艺术的时代

"我曾是红小兵,不然也不会有你的妈妈

更不会有你。我觉得绿军装,红册子和蓝
书包
真的很鼓舞人心。我挥动手臂,看见
大大的车辆驶过楼房,觉得自己
像个年轻的艺术工作者

"我的朋友们,她们的思想很开放
她们中的一个差点当了两个妈妈
芹菜和胡萝卜,不,你先别说

"我是个一般意义的女孩,我不喜欢它们
我是个一般意义的女孩,我也不喜欢疼痛

"不,如果是我的孩子,我可以喜欢疼痛
你的爸爸侍养什么样的花草都能成活,而
我不能,我现在知道
这是一种——生涯。

"你小的时候他养过一只绿油油的麒麟掌。
是一种沙漠植物,它的刺没有那么纤长

"这种艺术行为在你妈妈身上诞生再
合适不过了,你觉得这与爬行动物绿油油
的背鳍,是否有一种协奏的美。我是戚继光
的某个后代,你妈妈二十出头的时候,有
人受委派来调查我的族群,我觉得现在这
个时代的艺术
少了一些扣人心弦的东西。

"你看那些书里唱山歌的少女和打猎的小伙子，

他们都生活在温暖的南方啊

'妈妈'对他们来说是一种艺术的身份

没有因季节和色彩而格格不入

"这里有一段废弃铁轨，我们在上面

走来走去，像瘦瘦的火车。

你的身体没有足够'己所

不欲，勿施于人'

——你有没有发现在这本摄影作品集

里，有三张照片是一样的？

"它们的角度不同。我宁愿相信这

是艺术，我通常最重视的切入点是——

'毫不可惜'

亲爱的孩子，你的爸爸后来养过一

对信鸽，有一天它们中的一只挣脱了

绳子，

爸爸想用另一只

召它回来。

"我天生就害怕疼痛。

——不，你听我说，没有人天生如此，你只

是缺少一些练习。

我是一般意义的女孩，我有大胆崇拜的电视人

物。我看到他们在电视里生活，并未感觉到一丝不快。

轰隆隆　呼咔咔　隆隆　前进

隆隆

"What is a 'Surprise'?
讨厌的事情消失。——你说的这些,这是时
代,我看不懂。我们那里没有艺术,我们那
里,人与人活下来,人与人与房间与矛盾与色彩;
孩子你要知道,色彩拯救了艺术史,你们现
在,不能对它批评太多,

"不是不允许;可是那只信鸽远远地望着,在
另一幢楼顶上远远地望着,我很难看清它的表情
它们种群里,一定也有从事噪音艺术和滑
翔艺术的进化先驱,这些我只是猜啊
那个时候我还年轻

"我真的不肯拒绝你。你无
法拒绝,我知道那另一种愉悦的手段
Empathy。有一位剧作家在三十五岁收到来自
女儿的礼物。是一块石头。你给我讲过那个故
事的结局,你的爸爸把另一只信鸽脚上的绳子

"也解开了。其实我也不是频繁节食,我知道从
事艺术行为的我们常常需要
需要一些持久和饱足

"'人们都在不知不觉间选择自
己最佳的人生并将它
进行下去'

我现在不讨厌小狗，我只是觉得缺少交流
的途径和必要。我们有大大的
可爱的脸庞就足够了，

"只要我们上相，就足够了
在任意一张鲜艳色彩的构图中都要布
满充分的脸庞。就足够了
——我很遗憾没有学习水彩画

"我很遗憾你的妈妈没能成为一个更
加高雅或者更加庸俗的人，而对你而言
就足够了。我生养了四个女儿，她
们与这世间所有的女儿一样，都是生
来的艺术，

"她们未来将拥有各种儿子；
她们像一列瘦瘦的火车
轰隆隆　呼咔　Surprise　隆隆
——降临在人间。"

2014 年 10 月 12—13 日

王强　诗四首

山水

雨洇透了山庄和清晨。
碎语般的石子零乱于宽敞的河道。
山脉匆忙，变幻着高度，
直至最远处的一点想是长城的崖壁，
放大后，清晰，却是昨天的印象。
人们压低脚步，像是压低说话的声音。
斜雨，忽然停住，一朵云推到天边。
有人蹲在悬崖边大便，歌声清醒而悠扬。横眉的老女人，
像个红鸟抓在树枝的末梢，
她扭扭头，知道孩子们在偷看，
还忍不住面带微笑。

自清末，一群年富力强的小伙子从外乡到这里，
第一次穿过茂盛的好像大过一切的草地，
建筑蛇形的路和被后辈们称颂的家乡。

他们的扁担是多年锻炼的木板撑在八月的山峰，

当年，山层雕花的瞬间，一定发出了

硬朗响亮的笑声，不绝于谷。

树是虚的缩写，一大片树充满实的山间，

还有另一片溢出山顶。

湿滑的黑石头准确地落进山脚的田池。

再也看不清了，远处。水面已起了雾，

它与天越来越近，直至合为一体。

我拉着几个男孩子绕着貌似白塔的粗笨的电线杆，

顺着羊道，上下了几个滑坡。

树的摩擦像村人们的喊叫，听不清。

绳索的断裂，坠落的风声，倒灌胸腔的冰凉潮气。

大团白云涌来裹紧身体，你挣不开呵。穿透！却穿不透。

2004 年 7 月 8 日

2005 年 4 月

今天

持续到中午

雾气才褪尽，我不舍得

但被强制于明亮的

空壳，好像脱去了皮肤。

公交车摇晃着，开进我的想象。

它去偷看姑娘的雏菊花朵儿，

去解她的内衣,挑剔脸上的破烂。哦,牛粪,草原上的
谜一样的笑,它总会看到。

这座灰楼在原地
只坐了一会儿。它拖着花尾巴
连同它胸口穿工装的
白领女士一起甩进去长安街和岔路口。

那是你的奋斗,小伙子——你跨着栏杆,越走越远。

2005 年 10 月 12 日

从街角出来

我从一个女子由沉思到走向
属于她自己的大自然中
缓过神儿来,她的乳房挺进
装饰有方格窗棂的楼房,
被爱赚小便宜的男人簇拥着。
我从别人的议论中得知,
她有份令人羡慕的工作(精通计算的工作),
还认识了一位二手的年轻有为的政府官员,
这让她的生活贴近得志。

他来了,坐在对面。
翻完报纸,然后看她。
他的笑容像野蛮人交欢后遗留的精斑,

死气沉沉。不一会儿，
他避开小心，双手伸向她，
热情而娴熟地摘除了她的胸骨。

我急忙走出街角，感觉身体里装满了稻草，
乱糟糟的。在存车处，花两毛钱
从摆放整齐的自行车群里取出一辆，
收费的老太太跟我说着无边际的话，
可能全是自语。我越走越觉得空旷，
整条马路像条荒凉的护城河，
我简单地突围。骑着自行车，骑着空虚的
可以废除的护城河，我周身觉得
风全部地吹向我，我意识到帽子落在了街角。

我抄近路，让胡同像管道。我回到原地，
帽子还在呢，里面还装着一个苹果。
我好奇地打量着四周，旁边没有人，
那个女人和那个男人也走了。
我把苹果放在长椅上，它孤零零的。
我再次走出街角，感觉身体像一个气球，
越来越轻，越来越接近爆炸。

2006 年 3 月 5 日

这里的秋天

秋天，从心中向远处

蒙昧的大地边缘渗透。
银色的湖水醒来，
女人般从床上把我拉起。
我爱上这无度的光线，在悲欢离合中
将我照亮。

每天遇到的那人，这会儿
还没有赶来。往常，
他骑摩托从小路驮两口袋玉米
在庄稼地穿行如鱼。
土坡上，黑点慢慢变大，
轮廓清晰的脸如期出现时，
他只是一笑，朝天际开去。

他疯狂地将妻子肋骨
打折在家里。看病的费用
实际上他不吝啬。
他用平板车拉着妻子去卫生所
交给当医生的儿子。
和母亲一起

疼痛在一个家庭成为必然。
他回田收庄稼之后，
将每一天都少一点的生命继续。
暴力会引来冬天，
和一系列病。
很多时候，他根本承受不了。

天空像一张顽固的信纸

拒绝任何书写。它把我提升

至山顶，与石头并坐。

当周围人和事都不存在，

已知世界的内心被抽空。

谁知道，我们探究生活是否到了绝境。

知识和意义又多么粗鄙。

2007 年 10 月 17 日

西西废 诗一首

一次会谈

在车站，因有故人来
我迅速将本地地图背了一遍
新亚书院、雅礼宾馆、书店
还有楼上密密麻麻的旺角
我背出来，以便交代
这一年并未虚度。
也有其他交代的方式，
发论文、发朋友圈、吹水。
而我在暗示，我不止从事了
脑力劳动，也有体力劳动——
体脑结合，我这一年才学会。

我把你带到了书店小坐
消费有免费空调的几小时
我汇报了近况，怎样对占街

回心转意，怎样反复；
你与我交流性别意识下的
家务分工。我们找到了
共同的对手，热烈碰杯——
政治归于学术，学术拥抱日常
两位少女，终于开展了完美的谈话

抹了嘴，合了影，约了下次见面
下次，是什么时候？
我懊恼又灰心，我愿与人同行，
却和你选择了不同的路。

陈帅锋　诗四首

廿九自嘲

月亮落下
风吹儿郎
如灯火掉落古井
盘旋又飞扬

永别了，美丽如昔
再也不能在这里
一次次遭逢
陌生的姑娘走过荒野
所有的弓箭发出了声响

2013 年 6 月 18 日

不怀念古代

古代的山水秀丽
然而我们的先祖是饿殍
古代的男女有风情
然而我们在屈辱中降生

失却了梦想
也就失却了锁链
这是一条绝望的道路
引导我们到裂缝深处

多年不见

多年不见
有的人学会了抽烟
有的人忘记了喝酒
有的人依旧在吹牛
有的人漂亮成苹果树下的歌声
有的人安静成沟壑

然而有的人
我还记得你小时候的模样
甚至你书包上一个小洋瓷碗
还在桥头
晃出清响

路口

我们早已知道
命运不过是纸糊的枷锁
就像门前的红绿灯
任凭权贵们穿梭
而你却永远要挣扎
纠结于许多年前的规章

你不能像孩子那样
爬上一棵树,摘下一夜星空
你也不能像老人那样
两眼一闪,喷出绵密的咒语

你只能安静地等候在路口
领受着生活的崩毁
疲倦时,你会伸出手
画出一个乞者

金勇 诗三首

距离

在异国,热带甩着鳄鱼的奇尾
把惊险敷在脸上,这是我习惯的奇妙
无空调的廉价公车和超时的红灯对峙
我把脸浸在热浪中,凝神屏气
在耀华力路,和莫名地址通信
护照私藏于皮肤,只以本地面目示人
努力练习母语像模仿外语
亦不出色,本地人加重口音
加重我的阴影(我的影子是本地人的阴影)
我只想远远地属于这里。奥运会
在日历上如火如荼地发生着
廉价公寓的直播被全球化的商业封锁
我悄悄点开祖国的网址:
"基于服务协议,本视频只供
中国大陆地区用户观看,敬请谅解"

我摘下眼镜，消灭了灯光
影子坐在黑屏里与我对视着
我和祖国的距离，就这样恰到好处地
静止着

2012 年 8 月 15 日
The Parkland Residence，Rongmueang，Bangkok

奇异的壁花

每个人走过，轻快地，似一阵风
卷过空白的魔鬼——他们透明的心
挂满形容词，我读着它，读到面无表情
我的家里有些灰暗，我的灰尘
还喂不饱它。
阳光会从四面八方贯穿我身后的窗子
这些名贵的波光，每一束都高举名字
和意义，云气还潮湿不定
热浪在里面跳闪，鸟影不带鸟鸣
斜着身子沉默掠过，迅速
但是安静，均分了墙上通往
遥远的不知名处的奇遇
淡去的脚印在内心创造着回声
像空难在沉思中投下阴影
像晚餐从厨房中端出
在黑洞洞的废墟里，它们

向我们开花

2013 年 8 月 6 日
于泰国朱拉隆功大学图书馆

在阿瑜陀耶古城

　　城中的大火一直烧到今天，两百多年，烧到讲解员的嘴里，还冒着黑烟。大火通宵燃烧，没能把古城粉碎在时间的灰烬里，当然也不能还原出它未出生的样子，正如一只被捕杀的蝴蝶不能成为变成自己的蛹。"阿瑜陀耶"的释义是"天神之城不可攻克"，大火是用假相点燃的，而神并没有降下过一滴雨，甚至一滴泪。

　　鸟群重复着小规模的黑暗，每个黄昏都为古城盖上黑漆漆的棺木。佛光笼罩过的法座空白着，法轮空转着，念着《三界经》的僧侣们把声音放到最轻，盛在贝叶上，投进河水中流向往生。日月不认字，照旧轮流默读界碑，像块墓志铭，简洁如谶语。

　　长久的痛苦，均匀地洒在明信片上。如果那块城墙没有被轰塌，那么大概，所有的城墙都不会被拆去，那么大概，工匠们还在佛殿墙壁上画着活生生的人，戏子们练习让一个身姿精益求精，诗人们则变着法儿琢磨语言。更多的人相互遇见，交换着风尘。他们饮酒、交易、嚼着槟榔，打渔、船运、笑容简单，他们驭象、建屋、烤鱼生火，礼佛、诵经、巡烛焚香。他们随风起舞，开口就唱，愿意为快乐流干最后一滴汗。他们在稻田里写绿油油的句子，在码头上洒金灿灿的光芒，在佛祖的训道声中积攒着沉甸甸的波罗密。他们的梦想是今生平静，来世富庶。如果再细一些端详，你会豁然发现，被轰塌的不是城墙，而是一块供奉在稻香里的水晶，一行梦里写了四百年的诗。

所谓文明,就是需要历史的误读与误伤,就是摧毁后给那些装聋作哑或者真的瞎到骨髓里的人去看,就是纪念品的价格远低于纪念而略高于价值,就是游客比拼镜头优劣和签证页上画满战利品,就是让同被历史羞辱过的人群比较伤口上的盐是多一粒还是少一粒。

人群不断拓充着遗迹,养育白云和野草,幻想历史会恩赐一面明镜——不在乎是照妖镜还是哈哈镜——用来照见未来。若用简约的中文来概括就叫"以史为鉴",若用简单的中文来解释就是:

历史以历史为师,也就是历史以历史为食,或者历史以历史为尸。

题记:阿瑜陀耶城,泰国阿瑜陀耶王朝(1350 年—1767 年)的都城,1767 年被缅甸军队攻陷。缅军将大批工匠、艺人和宫廷诗人掳走,并将全城洗劫一空后付之一炬。泰国复国后,另在南边的吞武里和曼谷建都,并将阿瑜陀耶城所剩财富搬到新都,阿瑜陀耶城遭到第二轮破坏后被遗弃,只余下残垣断壁记录着历史的硝烟。

2010 年 7 月 11—20 日

Thammasat at Rangsit, Thailand

姜涛　诗四首

家庭套装

1

女儿的纤细，母亲的稳重
背影怎么看，都像一对姊妹
对着手机屏，歪头、握拳
怎么看，都像宣了誓，表忠心

入夏，嫩过的草已长过人膝
小区周边，过往的君子
也和小人物一样，带上墨镜
自我和髋关节，在轻轻摆动呢

不要这样，母亲是过来人
教训女儿不要和两个以上的
货郎交往，从不出汗的货郎

在京沪沿线,提了暗码的箱子

纷纷说:兄弟遍了天下!
她放心不下,买票从东北赶来
立秋前,自己汗津津的机器
却意外地,偶尔发动过几次

2

面馆对坐,看彼此的双下巴颏
父子的尴尬,显而易见
"少点一点儿,吃不了的"
被继承的,不一定是副好下水

林萃路通了,"奥森"①更深奥
所以前景很好,家庭借贷
比较方便。于是,一个个夜晚
零消费,零恩爱,决定只读书

爬楼梯,立秋时还了贷款
又鼹鼠一样画出双肩。
可父亲坚持说病、说兴衰
儿子只说加班苦,到明年

孙子出生,一家五口去郊游:
跟妈说,借了的一定还,还有
碎肉面好吃,再来一碗

———————————

① "奥森",北京奥林匹克森林公园的简称。

好吃，所以再买辆新款德国车吧！

3

郊外，野花招惹浪蝶
车载父母和冰箱，这些乐趣
这些彩虹，像撬杠浮动
撬开了云层，洒下的日光

就又是一圈的家族相似性
坐了满坡，剥小鬼的花生壳
龅齿长男，投币连连
从卡通吉普又爬入旋转凤凰

那些未成形的山川联动了床榻
那些唇齿的摩擦
尚未形成一个爆破音
一个明确的否定

画外，捡拾这些音节
这些骨头，是你悄悄地走近
说曾是乞食小犬
如今，转世到了我的身边

2011 年 7 月—2015 年 7 月

"小农经济像根草"

今天偶有心得，读书笔记上

多了这么一句,像微风吹过纸面
这些说理浅近,这些比喻联翩
借故,我还练习了打坐
真以为坐上飞毯

20分钟飞遍全球:绿油油一片稻子
星罗棋布,都是养鸡场
都是敬老院,大都会也倒卖油盐醋
全球化倒逼合作化
学术人不再争胜,不再望星空
不再面壁思考"怎么办"

新一代人借助卫星、火箭
不再想了置业,只迷恋时空疏浚
在银河漫步,在土星土改
他们的集体生活,也安静多了
秀了饭局之后不秀恩爱

再看小小寰球,西风乍起
卷起了败叶,卷起了美元、欧元、日元
花花绿绿,那些各国老人头像
在风中鼓掌、解散
如此,早上罢工的电脑

便不必去修了,任它去发癫
任它自动重启一万次,一万次
从黑屏深处释放亿万蝴蝶
任其脱了镣铐、飞舞

最好,再配上的士高的音乐

可这幻觉来得快去更快
只坐了一小会儿,就感觉两个脚板
像两只摇晃的小船
半个身子麻痹,像路边的孤墙
决定轮到夜间夫妻对坐

再研习禽鸟合群的技术
分析上升流动与下纵的猛烈

2014 年 8 月

病后联想

奔波一整天,只为捧回这些
粉色和蓝色的小药片
它们堆在那儿,像许多的纽扣
云的纽扣、燕子的纽扣、囚徒的纽扣
从张枣的诗中纷纷地
掉了下来,从某个集中营里
被静悄悄送了出来

原来,终生志业只属于
劳动密集型
——它曾搅动江南水乡
它曾累垮过腾飞的东亚

想清楚这一点

今夏，计划沿渤海慢跑

那里开发区无人，适合独自吐纳

2014 年 7 月

蛇形湖边①

一行新人样子摩登

还等在门外，唇上打了铁钉

裸着的胳膊上，软塌塌

印上图腾。他们被集体

拔去了插头吗？

马丽娜，青春的马丽娜

曾奔跑、曾碰撞

热烈地流血，一双眼睛热烈地

和大都会凝视

今天，她换了亲民的体恤衫

在门口，激进的马丽娜

慈祥的马丽娜

已有几分领袖肥

———————

　　①　蛇形画廊，在伦敦海德公园内，2014 年 6—8 月，艺术家玛丽娜·阿布拉莫维奇在此呈现行为作品《512 小时》。

一边握手一边她说：
"我去过你们的国家
那时她还关着门"
我们报以微笑——
"躬逢盛事，与有荣焉"

野兔在沉思，大树底下有人
在小心整理皮带
前女王她老公艾伯特
老人家的金身塑，就在不远处
一样是大家围了山谷

或立或坐，美洲人捕捉一只老虎
亚洲人留发辫
念心经，四海一家

——给明迪，2014 年 8 月

漫游者

刘海川

1

高中时，我家院子里有两棵果树：一棵樱桃、一棵李子。每年深秋，这两棵树就给家里带来丰裕的滋味。比如就我来说，放学一回来，习惯性地喊一句"妈，我回来了!"与此同时，手臂轻松地伸向两棵树，摘下一把水果就往嘴里塞——这个过程自然而然、毫无负担。这样的舒畅的过程或感觉，对于当时我们这个贫困的家来说是罕有的。那么，对于那时的我家来说，丰裕的滋味就是幸福的滋味。

一入深秋，这两棵树对于我们家的意义几乎和生命树对亚当和夏娃他们家的意义相仿佛。但是在夏天的时候，它们也带来了麻烦，那就是：树，招引蚊子。

高二夏天的一个晚上，被蚊子咬的翻来覆去睡不着，于是我索性爬了起来。但是做些什么呢？——那时的语文课正好在讲现代诗(就是舒婷的"破旧的老水车"之类的)——那就写一首诗吧。我想。

虽然细节早忘光，但关于这第一首诗，还是存留着两个记忆。

我记得,它写的就是蚊子咬得我没办法睡觉这件事;我也记得,这诗的最后一句是:她轻轻地吻了我的脸——这里的"她"当然是指代蚊子的。

从此以后,我就经常写诗了。我也开始喜欢跟我们班的倒数第一名一起玩。我们班的倒数第一叫韦超,他也写诗,并且他有很多文学书籍。我是我们班的正数第一名。那时,韦超和我觉得,除了我们俩,至少班上的其他人都是傻逼。

2

通常的状况是,亲历者很少会想到意义,他也感受不到荒谬——无论一个旁观者看去,这个亲历者的经历是多么有意义或无意义、多么荒谬或不荒谬。

后来,我总是想到,第一首诗最后一句中的"吻"字,其实对我的诗歌写作是至关重要的。是这样的。这个"吻"字,使得蚊子对我来说不再仅仅是昆虫,而是它们像我与之打交道的人们那样,成了一种有内涵的东西。这个内涵究竟是什么?这正是我们的诗要去规定的。蚊子因其内涵而不再只是昆虫,院子里的树也就不再只是招引昆虫的东西——它们成了吻我的那个她的家、成了指向天空的手、成了抽水机、成了做着清梦或沉思的人、成了梦境中才能看见的事物。如此一来,墙、我的父母和妹妹、我的内心、贫穷、韦超、班上的傻逼……一切的一切就都有待于被重新规定。于是,诗是什么?诗是世界的法。诗人是什么?诗人是急切的立法者。

虽然在随后的写作中,"吻"这个字眼始终不是我的朋友(主要是我缺乏对这个词的切身感受——作为一个老处男,多年以来,我没吻过别人、别人也没吻过我),但是它确是我通往世界的通道。它给了我观察世界的显微镜、望远镜和哈哈镜。它让我成了漫游者,在这个意义上:醒,是梦中往外跳伞。/摆脱令人窒息的漩涡/

漫游者向早晨绿色的地带降落。

3

读硕士时,我有幸结识了一群诗人朋友。那肯定是我此生最美好的记忆之一。每周固定日子的晚上,在文学系的一个房间里,我们品读诗歌:或者读自己的;如果没人写,就读著名诗人的作品。几棵大树总在窗外沙沙作响。然后,我们抱着心满意足的心情去喝酒。

参加聚会的,除了几位诗人朋友外,总会有好几位漂亮姑娘。这些漂亮姑娘的名字我现在都记得,是因为她们的漂亮而被记住的。

临了硕士毕业的时候,我自印了一本诗集。不久之后,就不再写诗了。丧失做一件事的热情是很自然的事,只是人变懒了而已——懒得再去观察周遭的事物,也懒得表达。

我也不再参加诗歌聚会了。除了变懒之外,另一个原因是,一大群小朋友们加入了那个聚会。这群小朋友总是吵吵闹闹的,也喜欢把诗歌跟吉他或是诸如"文艺"这样的词联系起来。我不习惯或者说不喜欢这样的联系。我觉得(这可能是一种偏见),这群小孩不过是在诗的周围瞎晃和瞎起哄,根本不曾触摸到诗的本质,后者是某种严肃的东西。

4

通常的状况是,亲历者很少会想到意义,他也感受不到荒谬——无论一个旁观者看去,这个亲历者的经历是多么有意义或无意义、多么荒谬或不荒谬。

漫游者站在树下。有人说。当/穿越死亡漩涡之后,/是否有一片巨光会在他头顶上铺开? 他接着问。这个问题,我想到,那个变懒的我会沮丧地回答:不一定——因为穿越了死亡漩涡或梦之后,所到之处或许是另一个死亡漩涡或梦。热情的丧失同时意味着眼中那个诗的世界生动性的丧失。这一丧失的极端表现是:蚊子和树失去了一切内涵,它们重又成了昆虫和植物。不极端的表现是:诗的世界尽管还保持在这里,不过由于没了生动性,就不再分得清比如树作为抽水机的世界和树作为植物的世界,这两者究竟哪个是梦、哪个是醒。

我相信,诗的世界生动性的完全丧失只是一种原则上或逻辑上的可能性。就是说,我相信,对于一个真正触摸过诗的人来说,蚊子完全复归为昆虫、树完成复归为植物,这其实不大可能真的发生——他只会滞留于分辨不清醒梦的境地、滞留于冥界;或者说,现实世界以及每个现实事物将永久向他浮现出两副面庞:一只咬你的蚊子、一位吻你的她。

5

博士毕业时,因为将到外地工作的缘故,我要请一起玩过的诗歌朋友们吃个饭。告别。在馆子里坐定后,没人提到诗:大家只是叙旧、聊不在场的朋友。如今,我们中有的人找到了教职、有的人已聘了副教授;有的人刚结婚、有的人正谈朋友;有的人生了小孩、有的人依旧单身;有的人在国外留学,有的人在国内赚钱;有的人被劈了腿,有的人给别人戴了绿帽子……

我们就聊了这些,直到离开。出了馆子门口后,有的人往东走、有的人朝西走——跟几年以前诗歌聚会后从馆子里出来的情形是一样的。

是啊，该写点"老妻诗"了

向祚铁

一对男女，被爱情撺掇成了夫妻，此后，他们会怎样重新认识对方呢？

女士们心思玲珑，身段婉转，笔者不便对其妄加揣测。至于那些做丈夫的，毋庸讳言，妻子给他带来的政治启蒙，远甚于性启蒙。

行文至此，不由得想起一段诗坛掌故。十多年前，某某某曾跟X感叹：我们的诗中，不乏献给朋友的诗，也不乏献给家乡的诗，乃至献给某座水库的诗，却几乎见不到给妻子的诗，这是为何呢？这也许只是一个略带内疚、无需回答的自我感喟，却不料，恰好挠着了X的痒处，只见他咳嗽两声清清喉咙，应声答道："老婆就是我们最贴身的体制，作为诗人，怎么能去给体制献诗呢？"——此论一出，"献给妻子的诗"，似乎可以休矣。

日居月诸，转眼间已是2015年11月，写过"盘旋的不是旧作而是旧妻"的诗人J，在知春路吃涮羊肉时，嘴角含笑地说道：现在，该考虑写点"老妻诗"了。此论一出，在座朋友都连连叫好，连羊肉都忘记往碗里捞了。

J真不愧为"偏移"高手，——比如，他降临人间的出生城市天津，是对北京的一种偏移；他选择的居住社区霍营，则是对超级睡城回龙观的一种偏移；他诗歌里众多精彩绝伦的短语/词组（如"京味的下巴""火热的精囊""湖南土生子""黄叶淙淙的前程""我原本的爱人"之类），则是对诗句的一种偏移；等等——他此次倡导"老妻诗"之中的"老妻"，又巧妙实现了对"妻子"的偏移，给广大诗人朋友为妻子写诗提供了理论自信。真可谓腰肢一闪，进入全新的美学空间。当然，老妻诗并非对"X氏结论"的否定，毕竟，老妻和妻子有着不同涵义。

经过多年陈酿，妻子成为老妻，——这，可以看作是由"体制"而变为"传统"的一次美妙转换。身为诗人，自然不便给体制献诗，却不妨向传统致意。

我常想，妻子成为体制，这应该是个现代性课题。其缘由还得从如下这一古老的生活理念说起：女子无夫身无主，男子无妻财无主。在中国古典社会，丈夫充当妻子的"身主"，妻子则充当丈夫的"财主"，家庭生活中两权分立，相互制衡，妻子自然成不了体制。可经过一百余年的现代化转型，女权极为昌明，丈夫扮演的"身主"已成空谈，虽然户口簿里的"户主"一栏，照例还写上他的名字，但这个户主早已"君主立宪"、徒有其名。相对照的是，妻子扮演的"财主"，却从未因现代化转型而失势，妙得很，现代文明的变革，偏偏帮助"财主"们一步步加强权力。先是生产方式普遍地企业化/公司化，社会成员随之职员化，于是，就普遍地有了工资这么个东西，财主只要掌握了工资，也就掌握了所有的财权。当然，公元2000年以前，工资的兑现方式基本上还是去财务室领钞票，这样子背着财主，大家私下里还能有些操作空间。——聊举一例，《都柏林人》里的短篇《无独有偶》，其主人公法林敦，一个混球，在某事务所当抄写员，和尖酸刻薄的妻子相互憎恨，日子很窘迫，可当他想去酒吧痛饮一顿而口袋里没钱时，他却能考虑去找出纳预支工资而解决这个问题。——时间进入新千年，信息科技让货币电子化，"工资卡"这一前所未闻的家用型纳粹工具，就此横空出世，迅速普及。从此，财主只要一卡在手，就万事无忧，预支工资一类的漏洞就此全部堵上。丈夫们则"工蜂化"：尽管成年忙碌，却可能压根儿没摸过工资。以至于"私房钱"一词，被活活地逼成了一个严峻的存在主义概念。

——可以说，中国一百多年现代化转型所带来的一个重大结果就是：家庭生活中，"身主"和"财主"两者实力严重失衡，妻子由此演化为体制之一种。

体制尽管让人感觉不适，但它也往往具有坚实的功能特征。——从这个角度来看，体制非常像毛坯房。而毛坯房总会唤起房客的装修热情。经过装修，体制逐渐变为宜居、安身的传统（也可以说，让人舒适的体制，就是传统）。在我看来，国人最大的特征就是现实主义，而现实主义者最不缺乏的就是装修热情和装修技巧。满清时期的松油大辫就是活例。辫子本是"留发不留头，留头不留发"的屈辱产物，经过一番抵死抗争，大家最终接受了比毛坯房还难看的辫子，并且没用多久，一种名为"松油大辫"的辫子出现了，它作为一种兼具富贵、健康、美丽等特征的事物，得到热捧，甚至诞生了"神辫傻三"这样的民间传奇。审美包装之后的辫子，最终成为传统之一种，让人眷恋。以至于王国维这样的人中龙凤，至死都要在脑后拖着这个象征符号。正是：

体制好比毛坯房，神州人人装修忙

那么，具体到诗人朋友身上，大家该怎样装修"体制"，使其转化为"传统"呢？换句话说，诗人该怎样去装修妻子，促进其成为老妻呢？诸多方式中，写作老妻诗自然是一条方便法门。

老妻诗当具何种面貌？个人之见，"老妻诗"是对二十多年前"中年写作"的一种回响，当属广义的中年写作之一种。有关中年写作,其首倡者当年在那篇著名的文章里,曾提炼出"减速""开阔"等三大特征,考虑到老妻诗的特殊性,不妨为其再加上一条:自嘲。比如,千古第一帮闲应伯爵的"宿尽闲花万万千,不如归去伴妻眠/虽然枕上少情趣,睡到天亮不花钱";又如,总是"西式分头三七开"的 T. S. 艾略特,其《给我妻子的献辞》末尾两句:但这篇献辞是为了让其他人读的/这是公开地向你说的我的私房话。两者都很好地体现了自嘲精神。

最后一个问题,何时启动老妻诗的写作较为合适?答案就是,当妻子在丈夫心里呈现出"老妻"苗头时,——其典型特征就是 J 描绘的"摔完呼机又摔手机/吵架也吵出了规律"——就可以放心写老妻诗,而不用担心受"给体制献诗"之指责了。我想,看到这篇文章的诗人朋友,应该早在若干年前就和妻子"吵出了规律"。因此,笔者在此疾呼:朋友们,是时候写写"老妻诗"了!

诗曰:

> 猪不入画,八戒例外;
> 诗不献妻,老妻无碍。

2016 年 1 月

作者简介

陈舸,1971 年 5 月生于广东阳江,现居阳江,有诗集《林中路》《沉箱》。

陈帅锋,1984 年生于安庆,先后在南大、北大读书,博士毕业后到浙江丽水乡镇工作,曾任乡长,现居丽水。

范雪,1984 年生于陕西汉中,新加坡国立大学博士,现为东南大学人文学院讲师,居南京,有诗集《择偶的黄昏》和《走马灯》。

高翔蓝,1974 年生于上海,曾先后于上海外国语大学习日耳曼语文学,于波恩大学和柏林自由大学习哲学、艺术史和政治学,回国后在上海供职于文化和财经媒体,现长住柏林,为自由撰稿人。

怀之,自由撰稿人,毕业于北京大学,长期关注亚洲文化历史,现暂居美国。

姜涛,1970 年生,北京大学中文系副教授,有诗集《我们共同生活的美好世界》、《鸟经》，著作《公寓里的塔：1920 年代中国的文学与青年》、《巴枯宁的手》和《新诗集与中国新诗的发生》等。

金勇，1979 年生于长春，现在北京大学外国语学院东南亚系任教，主业从事泰国及东南亚历史文化研究。诗歌作品散见《诗刊》、《诗林》、《天涯》及《未名湖》等刊物。曾获第 3 届未名高校诗歌奖，参加第 27 届青春诗会。

科雅姆帕拉姆巴什·塞奇达南丹(Koyamparambath Satchi-danandan)，1946 年 5 月 28 日生于印度喀拉拉邦特里苏尔区科顿加鲁尔的普鲁特村。除了诗人这个头衔，他还拥有学者、编辑、翻译家、剧作家等诸多身份，已出版 30 多部诗集、20 多部散文随笔集(其中 4 部以英语创作)和 4 部剧作。

赖元恩(Lại Nguyên Ân)，越南作协成员，1972 年起在河内从事文学批评与研究工作，曾出版越南现代文学研究著作数种。

李天意，1993 年生于哈尔滨，普林斯顿大学地球科学系博士生在读。本科毕业于北京大学地球物理系，北大"五四"文学社前社长、散打队 70 公斤级选手、普林飞虎足球队队员。

刘海川，1986 年出生，北京大学哲学系博士，现任教于中山大学博雅学院，有自印诗集《书页与玫瑰》。

南子，原名李元本，1945 年生。南洋大学毕业，新加坡大学教育专业文凭，南京大学中文硕士。新加坡教育部前华文专科督学。上个世纪 60 年代开始新诗创作。除写诗外，也写微型小说、散文、文学评论；除创作外，也从事各种社会活动。五月诗社创社人之

一、《五月诗刊》前主编、世界华文微型小说研究会前理事、新加坡作家协会理事、锡山文艺中心前副主席。南子的著作有：诗集、小说集、微型小说集、散文集、评论集以及诗选集共十四种。

瑞瓦拉·蓬派汶（เนาวรัตน์ พงษ์ไพบูลย์），1940 年出生于泰国北碧府，泰国著名诗人、作家，泰国"国家艺术家"，荣获"叻达纳哥信诗人"称号，1980 年获得泰国东盟文学奖。

王赓武，新加坡国立大学特级教授、东亚研究所所长。祖籍江苏省泰县，原籍河北省正定县。1930 年出生于印尼泗水，曾在南京国立中央大学、新加坡马来亚大学和英国伦敦大学亚非学院受教、深造，并先后任教、任职于马来亚大学、澳大利亚国立大学、香港大学（校长）和新加坡国立大学。

王强，1980 年生于河北承德，毕业于河北大学、北京电影学院导演系，现居北京，出版有诗集《风暴与风暴的儿子》。

西西庞，1989 年生于上海，先后毕业于北京大学中文系、香港中文大学人类学系，现于非营利机构工作。曾获北大未名诗歌奖。

席亚兵，1971 年生于宝鸡，现居北京，在《世界博览》杂志社工作。出版有诗集《春日》（2008）、《生活隐隐的震动颠簸》（2015）和《林中小憩》（2015）。

向祚铁，1974 年生于湖南溆浦，毕业于清华大学物理系，从事过记者和品牌传播工作，现居北京，从事小说写作。

熊燃，1984 年生于武汉，文学博士，现为北京大学外国语学院东南亚系讲师，出版合著《〈帕罗赋〉翻译与研究》。

杨过，原名杨孝峰，1967年10月出生，原籍安徽省怀宁县，现居上海。

游以飘，本名游俊豪（Yow Cheun Hoe）。1970年在马来西亚霹雳金宝出生，新加坡国立大学东亚研究博士（2002年）毕业，任教于南洋理工大学中文系，担任中华语言文化中心副主任。以中文创作诗与散文，曾获重要文学奖包括花踪文学奖新诗首奖（1995、1997年）、新加坡金笔奖中文诗歌第二名（2005年）。1995年与友人出版散文合集《十五星图》。

Holcombe，Alex，加州伯克利大学博士毕业，现任教于俄亥俄大学历史系。

萧开愚，1960年生于四川省中江县，现居北京，河南大学文学院教授。1980年代中期进入文坛，部分地参与了当代文学的进程。出版《动物园的狂喜》、《肖开愚的诗》、《此时此地》和《内地研究》等诗文集多种。

图书在版编目(CIP)数据

同饮一江纯净水:数字时代的自然/萧开愚主编.
-上海:华东师范大学出版社,2018
ISBN 978-7-5675-7247-8

Ⅰ.①同… Ⅱ.①萧… Ⅲ.①诗集—世界—现代 ②诗歌评论—
世界—现代 Ⅳ.①I12 ②I106.2

中国版本图书馆 CIP 数据核字(2017)第 304097 号

华东师范大学出版社六点分社
企划人 倪为国

同饮一江纯净水:数字时代的自然

主　　编　萧开愚
责任编辑　古　冈
装帧设计　姚　荣

出版发行　华东师范大学出版社
社　　址　上海市中山北路 3663 号　邮编　200062
网　　址　www.ecnupress.com.cn
电　　话　021-60821666　行政传真　021-62572105
客服电话　021-62865537　门市(邮购)电话　021-62869887
地　　址　上海市中山北路 3663 号华东师范大学校内先锋路口
网　　店　http://hdsdcbs.tmall.com

印 刷 者　上海盛隆印务有限公司
开　　本　889×1194　1/32
插　　页　2
印　　张　6.75
字　　数　160 千字
版　　次　2018 年 2 月第 1 版
印　　次　2018 年 2 月第 1 次
书　　号　ISBN 978-7-5675-7247-8/I·1841
定　　价　58.00 元

出 版 人　王　焰